COBALT-SERIES

# ベリーカルテットの事件簿

## 薔薇と毒薬とチョコレート

青木祐子

JN287090

集英社

BERRY QUARTET

# ベリーカルテットの事件簿

## 薔薇と毒薬とチョコレート

目次

BERRY QUARTET

# ベリーカルテットの事件簿

登場人物紹介

## シャノン

使用人の鑑ともいわれる
父に育てられた少女。16歳。
完璧なメイドを目指している。
新米メイドとして
カルヴァート家の別邸に
勤めることになる。

## ロイ

貴族カルヴァート家の次男。
23歳。
美貌の持ち主で
チョコレートが好物の小説家。
デビュー作は大ヒットしたが、
その後は鳴かず飛ばず。

## アガット

メイベル付きの
有能なメイド。
完璧主義で潔癖性。

## メイベル

名門貴族ウエイリー家の令嬢。
ロイの兄ディヴィッドと
婚約している美少女。

## ノエラ

メイベルの友人。
投資家の娘だったが、
両親を事故でなくし
ウエイリー家に引き取られた。

イラスト／明咲トウル

BERRY QUARTET

# ベリーカルテットの事件簿

## 薔薇と毒薬とチョコレート

わたしの名前は、シャノン・シュレディングス。

メイドである。

年齢は十六歳。

つまり、なりたての新人メイド、ということになる。

とはいえわたしは、この職に必要なものはすべて持っている。

叩き込まれたのだ。イギリスの歴史にして伝統、すなわち淑女《しゅくじょ》を支える騎士、主人を補佐する忠実な従僕、これらを体現するかのような、優秀な使用人、わたしの父によって。

父の座右《ざゆう》の銘《めい》はこうだ。

完璧《かんぺき》な人間であるまえに、完璧な使用人であれ。

この言葉は、わたしには、こう言い換えることができる。

完璧な女の子であるまえに、完璧なメイドであれ。

ロイが主人として完璧であるかどうか、というのは意見の分かれるところだとは思うが、それはさておき。

わたしの人生最初の仕事、そして事件は、わたしが十六歳の冬、ここ、ベリーカルテットではじまるのである——。

# プロローグ　～つまり、事件のはじまり～

あたりには、強い薔薇《ばら》の香りが漂っていた。

「アガット、アガット！」

メイベルが叫ぶと、扉がかちゃりと開き、いちばんいいメイドの制服に身を包んだアガットが、入ってきた。

ここは、ノエラにあてがわれた寝室である。

「どうかしましたか、おじょうさま」

「ノエラが……」

メイベルはふるえる手で、ノエラのベッドを指差した。

天蓋《てんがい》つきのベッドである。

ベッドの前には窓があって、苺《いちご》模様のカーテンが揺れている。窓のまえには、むせかえるようなたくさんの薔薇が生けられていた。

そのベッドに倒れこむようにして、ノエラが死んでいた。

くしゃくしゃのシーツに顔をうずめ、身をくねらせている。

着ているものは、ノエラのお気に入りのグレイのドレス。朝食の前に着替えたものだ。

かたわらには壊れた水差しと透明なグラス、それから、ばらばらとこぼれ落ちた薬がある。

目を閉じた顔はどこか安らかで、眠っているようにも見えた。——口の横から、ひとすじの血が流れ出ていなければ。

アガットはメイベルの視線の先をたどり、ゆっくりとベッドに近寄った。

じっとノエルの遺体を見下ろしてから、メイベルに目をやる。

メイベルは首を振った。

「朝食のあと、ここでノエラと話してたのよ。首飾りについて確かめておこうと思って。そうしたら、ちょっと眠るって言って、ノエラが薬を飲んだの。昨夜《ゆうべ》から頭が痛かったんですって。きっと、薬の中に毒があったんだわ。わたくしは首飾りに気をとられていて、まるで気づかなかったわ」

「こんなところで死ぬなんて、迷惑な娘だこと」

アガットは冷たい声で言った。

幼いころから聞き続けてきた、落ち着いたメイドの声である。

メイベルは、アガットが動揺《どうよう》したところを見たことがない。

「首飾りはどこにありますか、お嬢さま」

「ここにあるわ」

メイベルは右手を、アガットに差し出した。

白い手袋に包まれた手のひらの中に、メイベルのお気に入りの、青と白の首飾りがある。

今夜のパーティでメイベルがつけることになっていたものだ。

「アガット……わたくし、どうしたらいいかしら」

メイベルはあらためてアガットに相談した。

アガットはノエラの遺体を見下ろし、部屋のすみに置いてある銀の時計に目をやった。

午前十時。

昼食まで時間はある。この家の使用人はいま、パーティの準備にかかりきりだから、当分、この部屋には出入りしない。

この屋敷はこれまで使われていなかったから、まだ、使用人たちの統制がとれていないのだ。

「メイベルさまがこの部屋にいたことを知られてはなりません。しばらくは誰も気づきませんから、お部屋にお引き取りください。メイベルさまには関係ないことなのです」

「でも、みんな、ノエラが自殺したって信じてくれるかしら？」

メイベルは言った。

毒は偶然手にいれたものだったし、ノエラが昨夜から頭痛がすると言っていたのは本当だ。

いま、ここでノエラが薬を飲んで死んだら、みんなは自殺だと思うんじゃないかしら？

わたくしたちはお客さんだし、メイドたちは忙しそうだから、細かいことは気にしないんじゃないかしら。

さっきはそう思ったけれど、実際こうなってみると、ちょっと自信がなくなってくる。

なにしろ、ノエラは相当苦しんだのだ。悲鳴をあげそうになるのをとめるのに、メイベルは一生懸命、ノエラの口を押さえなくてはならなかった。

メイベルの部屋は、廊下《ろうか》をはさんでななめ向かいにある。そんなに近くにいて気づかなかったのか、と言われたら、なんて答えたらいいのかわからない。

「ええ、おじょうさま。誰もが疑わないようにすることができますわ」

アガットはきっぱりと答えた。

黒い目は深く澄み、メイベルへの忠誠心に満ちて、光っていた。

ああ……よかった。

メイベルは、ほっとした。

アガットにまかせれば、なにもかも安心だ。

令嬢づきのメイド。主人に忠実な、頭のいい使用人。

イギリスの最高の発明品である。

アガットは死んだノエラをベッドに寝かせなおし、てきぱきと動き始めている。

メイベルは不快なものから目を逸《そ》らして、昼食のメニューに思いをはべらせはじめた。

# 1　完璧なるメイドの流儀

その日、わたしが革の旅行かばんを手に持って、カルヴァート家の小さな別邸——ベリーカルテットまで歩いていくと、門のかたわらで庭師が剪定《せんてい》をしているのが見えた。

十二月ということもあって、門の内側に花はない。

庭師は、季節はずれのブラックベリーの葉を刈っていたのである。

わたしはかすかに、眉《まゆ》をひそめた。

ベリーはこの屋敷の象徴だ。とくに、あの門のまわりのブラックベリーは、めったにない大きな実をつけるというのに、もったいないことをするものだ。

門から玄関の横には、作りかけの薔薇のアーチが、奥へ向かって続いている。

どうやら庭を全面的に改装するらしい。

ベリーのかわりに、薔薇のアーチなんて！　ヴィクトリア朝イギリスの屋敷としてはまったく珍しくない。

この家の持ち主の平凡さにややがっかりしながら、わたしは玄関まで歩いていき、扉を叩いた。

「はーい！　新しい薔薇が届いたの？」

扉を開けたのは、メイドだった。

年齢はわたしと同じか、少し上くらいだろうか。

黒いドレスに白いエプロン。背が高いので、ドレスの裾《すそ》から白い靴《くつ》が見えている。

茶色の髪はゆるく結いあげてあるが、忙しいせいかふわふわとほつれて、耳のあたりに後《おく》れ毛が散っていた。

どうやらカルヴァート家では、メイドの身だしなみについてはそれほど厳しくないらしい。

わたしはコートを脱ぐと、メイドの顔をまっすぐに見上げた。

「わたしは、シャノン・シュレディングスと申します。カルヴァート家の家政頭《かせいがしら》、ミセス・ワットから、この屋敷に来るように、と言われてまいりました。紹介状は、これまで住んでいたクレッグ家からのものを持っています」

「ああ、新入りのメイドね」

彼女はわたしのあいさつなど聞いていなかった。あっさりとわたしを家に入れると、扉をばたんと閉め、せかせかと歩き始める。

「ちょうどよかったわ。あたしはルースよ。手伝ってちょうだい。今日はパーティがあるっていうのに、メイドも従僕もまるで足りないの」

「はい。ミセス・ワットはどこに？」

わたしが尋ねると、ルースは苦笑した。

「ロンドンの本邸よ。ミセス・ワットが掃除《そうじ》なんてするわけないじゃない。――フランク、彼女は新しいメイドですって。シャノン、彼は従僕のフランクよ。この家の執事みたいなものね。といっても、この家にはこれまで、ほとんど誰も住んでいなかったんだけど」

ルースは少し離れたところから飛んできた従僕をわたしに指し示した。

フランクは、わたしの父よりも少し年上――四十がらみの小柄な男である。

彼は、わたしが来ることを了解していた、という意味をこめて、軽くうなずいてみせた。

ルースは廊下《ろうか》を先頭に立って歩きだす。

廊下の左右には扉がいくつかある。右が居間。左は北側だから倉庫か、使用人たちの住まいになっているらしい。

灯りとりらしい上の窓から、まぶしい光が入ってきていた。

「これまで、というと、これからは誰かがお住みになるんですか？」

わたしはルースに尋ねた。

廊下の壁紙は明るい緑だ。廊下と玄関に飾ってある、黒檀《こくたん》の花台と少しそぐわない。

この壁紙なら、明るいオーク色や、金を基調とした色のほうが合うように思う。

あるいは、これから新しい主人を迎えるにあたり、調度品《ちょうどひん》だけ新しく入れたものなのかもしれない。

「来月にご長男のディヴィッド・カルヴァートさまがご結婚されるので、ここが新居になるの。今日はそのために、家と婚約者のお披露目《ひろめ》ってわけ」

「ディヴィッドさまはいま、どちらに？」

「仕事に出かけてるわ。昨夜はこちらに泊まられたんだけど、今朝になって本家から電報が来て、帰らなきゃならなくなったの。忙しい人なのよ。パーティまでには戻るから、ぜんぶ用意しておけって。こっちはたった五人しかいないのに、どうしろっていうんだか。ロンドンの本邸には使用人がいっぱいいるんだから、寄こしてくれればいいのにねえ。金持ちのくせにケチなんだから！」

　ルースはぶつぶつ言いながら、歩いていく。

　ルースの警戒心、忠誠心のなさには驚いたし、せっかく苦労してつてをたどったというのに、紹介状に目もくれないのは不満である。

　しかし、カルヴァート家は悪くない。

　わたしはルースの姿勢のいい背中を見つめながら、これから仕える家に対する、最初の判定をくだす。

　ルースは口では文句を言いながら、楽しそうである。

　そして、メイドが楽しそうに働いているということは、カルヴァート家は悪くない家である。

カルヴァート家の本邸はロンドンにある。ここは本邸からは汽車で一時間ほどの場所だ。ルースたちは今日のパーティのために本邸から派遣されたらしい。

かくいうわたしも、人手が足りないから、という理由で雇われた。本邸ではなくて、ベリーカルテットに直接来るというのも、わたしから言い出したことである。

どこからか薔薇と、チョコレートの甘い香りが漂ってくる。

パーティの準備をしているからだろうが、ここに限らず、開けっ放しの扉が多いようだ。

ルースはせかせかと廊下をすすみ、最初の扉を開けた。

「ここが居間よ。廊下のつきあたりが厨房《ちゆうぼう》なんだけど、そっちには入らないで。キッチンメイドがカリカリしてるから。お客さまは六時に来るの。ディナーの準備に入るまえに、ケーキを三ホール焼かなきゃならないのよ。生クリーム用のと、チーズと、チョコレートと」

「お客さまは、何人いらっしゃるのですか？」

「そんなに多くないわ。ディヴィッドさまの学生時代のお友だちとか、ふだんはおつきあいのない方たちなの。つまり——上流階級に属してない方たち、ね。ディヴィッドさまは見栄っ張りだから、そういうかたたちに、メイベルさまのことを自慢したいんだと思うわ」

「メイベルさま、というのは、ディヴィッドさまのご婚約者さまですね」

「そうよ。メイベルさまはお友だちと一緒に昨日来られて、いま、いちばんいい客間にいらっしゃるはずよ。お花が少ないから落ち着かないって言われて、お花を待ってるところ。貴族っていうのも手間がかかるわね」

「メイベル・ウエイリーさまは、貴族なんですね」

どうやらルースは、筋道をたてて何かを説明するのが苦手なようである。

わたしはルースの言葉の断片を拾って、ひとつずつ頭のなかで組み立てていく。

「ってことになっているけれど。ウエイリー家といっても分家だし、メイベルさまのおとうさまが持っているのは子爵位だけどね——っと、ええと、あなた——」

「シャノンです」

「シャノン、あなた、ディヴィッドさまが、ウエイリー家のメイベルさまとご婚約された、ってことを知らなかったの？」

ルースはべらべらと内情を喋《しゃべ》ったあと、やっと、わたしがやってきたばかりの新人メイドなのだ、ということに気づいたらしい。少しだけ不安そうになって、尋ねた。

「存じております。ディヴィッドさまとメイベルさまとのご婚約を、カルヴァート家のみなさまは、たいそうお喜びになっているとか」

わたしはていねいに答えた。

自分が勤める家のことは、もちろん事前に調べている。

カルヴァート家は領地を持ち、上流階級の社交界に出入りをする名門である。

しかしいまは、家よりも、カルヴァート・カンパニーという名前のほうが有名だ。

カルヴァート・カンパニーは、カルヴァート家の主人、ジェイムズ・カルヴァートが興《おこ》した会社である。いまは、主人のジェイムズは大きな取り引きからは手をひき、長男のディヴィッドが社長として辣腕《らつわん》をふるっているはずだ。

カルヴァート・カンパニーの顧客は、主にアメリカ人や、新興の中流階級の家である。貿易会社といえば聞こえはいいが、貴族の傍系であるのをいいことに、イギリス人の宝飾品や美術品を安値で買い付けて、新興成金に売っているのだ。

この国で尊敬を集めるのは、伝統を高値で売る家でなく、大切に守っている家だ。つまり、カルヴァート家は、上流階級の人間にしてみれば、〝堕落《だらく》した〟家、ということになる。

そういう意味では、カルヴァート家とウエイリー家の結婚は、双方にとって得るものがある。カルヴァート家にとっては、伝統と尊敬。ウエイリー家にとっては財産。

「格上だからね、ウエイリー家は。お金はないけど」

わたしが内心だけで思ったことを、ルースはあっさりと口に出した。

メイベル・ウエイリーはいずれ、カルヴァート夫人になるというのに！

わたしは、メイドとしての仕事にかかるまえに、ルースの教育をしてやったほうがいいんじゃないかしら、と心配になってきた。

「ディヴィッドさまのご兄弟は、今日はお越しになるのですか？」

次の扉に向かっていくルースに、わたしはさりげなく尋ねた。

わたしにとっては、いちばんに確認しておかなければならないことなのである。

「兄弟？」

「ディヴィッドさまには、弟さまがいる、とお聞きしたのですが」

「弟――ああ、ロイさまのことね。来ないんじゃないかしら。大学を卒業されてから、あちこちをぶらぶらしてて、ずっと帰っていらっしゃらないみたいだから」

「ロイ・カルヴァートさまは、小説家なのでしょう」

「そういう話もあるわね。――ここがパーティの会場になるのよ、シャノン。机を動かして、隅に並べてくれる？　今日のダンスと、料理のために」

ルースはカルヴァート家の出来の悪い弟などには興味がないらしかった。居間のとなりの部屋にさっさと入っていく。

居間の中には三人のメイドがいて、シャンデリアを磨《みが》いたり、机を動かしたりして、忙しそうに立ち働いていた。

広い部屋である。向かいの一面は大きな窓になっており、茶色いびろうどのカーテンが重々しく垂れ下がっている。奥にあるグランドピアノはつやつやした黒。壁紙が軽快なクリーム色なので、ちょっとアンバランスだ。

廊下《ろうか》の調度品と同様、新しいものをいれたのはいいが、壁紙を張り替えるところまではいかなかった、というところか。せめてカーテンは壁紙と同時に替えればいいのに。

「演奏家の方たちはいらっしゃるのですか」

「来るわ。ピアノと、チェロと、ヴィオラと、ヴァイオリンがふたり――音楽をちゃんとしなければ、パーティとはいえないっていうのが、ジェイムズさまとディヴィッドさまの信条なの」

「ダンスの曲目は決まっているのでしょうか」

「ええと……それって必要かしら」

「できれば」

「じゃああとで聞いとくわ。荷物はそこに――あ、大変！　あなた、服がないじゃないの。あたしのじゃきっとぶかぶかよね。誰かのスペアでも手に入ればいいけど――」

「エプロンを持ってきましたから、ご心配なく」

わたしは言った。

こんなこともあろうかと、いちばんいい服は着てこなかった。

ジョン・クレッグ――わたしがこれまで住んでいた家の、おひとよしの主人は、わたしが出て行くことを父よりも寂しがって、とっておきの旅行着を仕立ててくれたのだが。

わたしは入り口のそばに荷物を置くと、ゆっくりと部屋の中を眺める。

かたわらの机の上には、色とりどりの花が無造作《むぞうさ》においてある。

ポインセチア、ひいらぎ、三色すみれ――なにより大きいのは薔薇《ばら》だ。白と赤とピンク色の薔薇が、バケツの中で咲き誇っている。この季節によく集めたものだ。

暖炉《だんろ》の横には大きなもみの木。

おそらく、その横に置いてある箱が、クリスマスツリーの飾り、というわけなのだろう。早くも届いた贈り物が、かたわらに積み上げられている。

暖炉に火が入っていないので、ひんやりとしていたが、忙しく立ち働くメイドたちはそんなことに気づいてもいないかのようだ。

ここにないもので、必要なのは、大小の花びんとテーブルクロス。

テーブルクロスはアイロンがきちんとかかっていて、折り皺《しわ》がないかどうかを確認して。

たっぷりの椅子《いす》と、クッションもいるだろうけど、別室に用意があるのだろうか。

暖炉から離れた人のために、毛布も必要かもしれない。

暖炉に火をいれたら花がしおれてしまうから、花は場所だけ決めて、いちばん寒い部屋に置いておいて、お客さまが来る寸前に活《い》けなおすようにする。

シャンデリアを磨き終わったら、床やテーブルを拭《ふ》くまえに、いったん暖炉の灰を掻《か》きだしたほうがいい。石炭をくべるときに、灰だらけになってしまう。

ピアノの調律はすんでいるのかしら？　これも、あとで確かめておかなければ。

時間があれば、曲目の表を作って、どこかに張り出しておいたほうがいいと思うけれど、入ったばかりのメイドがそこまで口出しするのはよくないかも。

こういうのは、それぞれの家のやりかたを尊重しなければ。

ルースはそういうことを気にしなそうだけれど。

わたしは頭の中でやるべきことを組み立てながら、三角巾で髪をまとめた。

自慢の黒髪は、昨日、時間をかけて洗ってきた。触れるとさらさらして、きれいにまとまる。

きみはまるで、小さな黒苺《ブラックベリー》のようだね、と言われたこともある――。

昔のことを思い出しかけて、わたしは首をふる。いまは仕事に集中しなければ。

わたしは真っ白なエプロンを取り出し、ていねいに身につけはじめた。


「あなたのおかげで助かったわ、ええと――」

「シャノンです。シャノン・シュレディングス」

わたしは何度目か、聞かれた質問に、ていねいに答えた。

わたしたちは居間から離れ、厨房の大きなテーブルを囲んで、サンドイッチやありあわせのサラダ、ディナーの料理の切れ端をつまんでいた。

パーティのしつらえが終わり、ケーキもなんとか三ホールをオーブンに入れて、昼食がてらひとときの休憩、といったところである。

わたし以外のメイドは、五人である。

ルース、デイジー、エリザベス、ノーラ、アンナ。

いちばん年上なのはデイジーだ。三十代の後半といったところか。黒髪をひとつにしばって、上のほうにまとめている。

彼女が全体のリーダーだが、てきぱきと動くタイプではないので、実質的にこまごましたことを指示しているのはルースらしい。

アンナとノーラは、キッチンメイドである。

やせっぽっちのアンナは料理担当、ふっくらしたノーラはデザートとパンの担当である。ふたりは厨房の主らしく、使用人用のポットで紅茶を作ったり、作りそこないのスコーンを置いた皿の横に、形の崩れた苺のジャムを盛り上げたりしている。

メイドのほかには年配の従僕であるフランクと、その下の少年、庭師と、馬丁《ばてい》がいる。彼らは、石炭の準備やら、庭と馬車を磨きたてるのやら、メイドたちとは別の仕事にかかりきりになっている。

パーティの準備にしては人が足りないような気もするが、この屋敷はそれほど大きくないので、こんなものかもしれない。

「エリザベスはどこにいるのですか？」

席につくまえに、わたしは尋ねた。

エリザベスはわたし同様、新入りである。パーティの準備では、花とクリスマスツリーの飾り付けを主に担当していた。

「エリザベスは、階上にいるわ。メイベルさまとノエラさまに運んだ昼食をさげるために。昨日からふたりのお世話をしているのよ」

ルースが答えた。

ルースはいちばん最初に椅子《いす》につき、形の崩れたスコーンにクリームとジャムを塗って、食べ始めている。

「ノエラさま、というのは――」

「メイベルさまのお友だち。遠縁で、ずっと一緒にいるんですって。メイベルさまと一緒に、昨夜から滞在されているわ」

「わたしたちがこんなふうだから、お構いもできなくて申しわけないんだけど」

「仕方ないわよ、デイジー。ドレスの準備があるからって、前日から来るって言い出したのはウエイリー家のほうですもの。わたしたちのせいじゃないわ」

デイジーの心配そうな声を、ルースはスコーンを食べながら、あっさりといなした。

わたしが席につくと、向かいにいたアンナがわたしの顔をじっと見つめた。

さっきからずっと、なんだか妙な顔をしていたのである。

「シュレディングス……っていうと、どこかで聞いたことがあるわ」

目を細め、気がついたかのようにつぶやく。

デイジーがスコーンに伸ばしていた手をとめた。

「――確か、ローレンス家の前の執事が、そんな名前だったわね。ちょっと珍しい名前だから覚えてた。ほら、例の誘拐《ゆうかい》事件で、体を張って坊やを助け出して、新聞に載ったじゃない。使用人の鑑《かがみ》だって賞賛されてた」

「それは父ですね。十年ほど前の話ですが」

わたしはスコーンにクロテッド・クリームをのせながら言った。

ノーラのスコーンの腕はすばらしい。――これだけは父よりも上手と言わざるを得ない。父の料理の腕もなかなかのものだが。

ルースは目をぱちくりさせ、まじまじとわたしを見た。

「あなた、ナッシュ・シュレディングスの娘なの？」

わたしはうなずいた。

「はい。父は現在、クレッグ家の召使いとして仕えております。わたしも、昨日までクレッグ家に住んでおりました」

三人のメイドたちは、びっくりしたようにわたしを見た。

「てっきり、ナッシュさまは引退されたんだと思ってたわ」

紅茶のカップを手にとったまま、デイジーがつぶやいた。

わたしは感心した。

なるほど——父が、上流階級の使用人たち、とくに女性たちの間で有名だという話は聞いていたけれど、本当だったらしい。

ナッシュ・シュレディングス——わたしの父は、ローレンス家の第一従僕だった。

いずれは祖父のあとを継いで主任執事になるべく真面目《まじめ》に働き、評価も高かったのだが、わたしが幼いとき、わたしと住むためにその座を捨てたのだ。

父は変わりものの独身男の従者兼召使いとなり、わたしはおかげで昨日まで、ロンドンの小さな家で、父と暮らすことができた。

それは父が、使用人であることよりも父親であることをとった、ほとんど唯一の行動かもしれない。

「あなたが、ミスタ・ナッシュ・シュレディングスの娘だったなんて、聞いてなかったわ」

ルースは真顔でわたしに向き直った。

「だったら、どうしてカルヴァート家に来たの？　シャノン。おとうさまに紹介してもらって、ローレンス家に行けばよかったじゃないの。きっと、いい待遇で働けるわよ。メイドとしてやっていきたいなら、最初の家としてはできるだけ名門を選ぶもんだと思ってたわ」

「カルヴァート家も名門ですから」

「そりゃそうだけど。ローレンス家には劣る……じゃなくて、ここだけの話、カルヴァート家がいい評判ばかりじゃない、ってことは承知しているのよね？」

ちょっと心配そうな顔になって、ルースは尋ねた。

わたしはもちろん承知している。

何人もの上級軍人や名政治家を輩出しているローレンス家と、同じく貴族の傍系《ぼうけい》でも、商売人に身をおとした、と揶揄《やゆ》されているカルヴァート家では、格が違う。

使用人としての人生は、最初の家が決める、ということも。

「完成された家よりも、これから発展する家のほうが、やりがいがあります」

わたしは答えた。

なんとなく、メイドたちの顔がなごやかになる。

「なるほどねえ……。こっちとしてはありがたいわ。格は落ちるかもしれないけど、カルヴァート家はなかなか楽しいわよ。名門の家にありがちなごたごたもないし。あなた働きものだし、顔もかわいいし、ローレンス家にとられなくてよかったわ」

みんなの意見を代表するかのように、ルースが言った。

わたしはルースがかなり好きになった。

正直すぎるというのも悪くない。雑談とはいえ、自分よりも年下の新入りを、こうも手放しで賞賛できるものではない。

仕事のほうは雑であるにしろ、この屋敷の和気あいあいとした雰囲気《ふんいき》は、ルースが作り出しているのに違いない。

それをさておいても、かわいい、などといわれるのは悪い気はしないものだ。

なにしろわたしはこの家に来るにあたり、髪を百回ブラッシングして、リボンをつけて、二番目にいい服を着て、瞳がより大きくみえるように、温めたスプーンでまつ毛をカールさせて来たのである。

そのスプーンは実は、いまもポケットに入っている。

誰もいないところで、こっそりとまつ毛をカールさせるために。

なんとなくにこにこして、わたしが自分の分の紅茶に手を伸ばしていると、階段から音がして、厨房の扉が開いた。

入ってきたのは、エリザベスである。

手にはサンドイッチの載った盆を持っている。

どうやら、まるまるひとり分、手をつけられていないようだった。


「メイベルさまはどうだった?」

サンドイッチをぱくつきながら、ルースが尋ねた。

エリザベスはなんとなく不安そうな顔で、食べ残しのサンドイッチをカウンターに置いた。

「メイベルさまは召し上がられたわ。でも、ノエラさまは要らないみたい。頭痛がひどくて、メイベルさまとも会いたくないとかで、部屋に引きこもられているんですって」

「そうお返事があったの？」

「アガットが言ってたのよ。部屋の外にお盆を置いておいたんだけど、手はつけられてなかったわ。そうしたら、そのまま持って帰るようにって」

エリザベスは言った。

エリザベスはわたしと同様、ディヴィッドさまの婚約にあたり、人が足りないというので入ってきた新入りである。

これまでもどこかで働いていたというから、年齢はルースと同じか、少し上かもしれない。金茶色の髪をした美人で、てきぱきしたところはないが、おっとりとなんでもこなすタイプのメイドだ。

「そういえばノエラさまは、昨夜も頭が痛いって言っていたわね。お薬を用意したほうがいいかしら」

「お薬はいいそうよ。ノエラさまはお薬をご自分で持って、いっぱい飲んでいるからって」

「だったら、何が気にかかるの？」

「なんだか妙な雰囲気なのよ。部屋には鍵《かぎ》がかかってるし、お声をかけても返事がないの。朝食のときは元気だったのに。アガットによれば、ノエラさまは、メイベルさまとケンカをしているんですって。わたしにはとてもそうは思えないわ」

エリザベスは言った。

みんなはいっせいにエリザベスに注目する。

「今日がパーティなのに？　メイベルさまとノエラさまは、姉妹みたいな関係で、仲がいいって聞いてたけど」

「仲のいいふたりの女性がいて、片方が婚約したら、もう片方は微妙な気持ちになるものです、ってアガットは言っていたわ」

「アガットか……メイベルさまのメイドよね。あたし、彼女、苦手なのよね」

「言葉に気をつけなさいよ、ルース」

ルースはまたしてもぺろりと失言し、そこは年上のデイジーが、さりげなくルースをたしなめた。

「でも、いくら友人の婚約が面白くないからって、パーティは今夜よ。今になって部屋に引きこもったりするものかしら。ノエラさまはそんな人じゃないと思うんだけど」

エリザベスは、心配そうに言った。

「ケンカと頭痛と、両方かもしれないわよ。お嬢さまたちは繊細《せんさい》だからね。メイベルさまも昨夜、パーティの次第と招待者名簿を渡したとたん、不機嫌になっていたわ。ディヴィッドさまは気づいてなかったけど」

「ノエラさまには時間を置いて、果物でも持っていったらどうかしら。食べないと、治る病気も治らないわよ」

食いしん坊のノーラが提案した。

エリザベスはまだ心配そうな顔をしていたが、うなずいてテーブルのはしの席についた。

一同があらためて食事にとりかかろうとしたとき、玄関のカウベルの音がした。

続いて、扉の開く音。

それから一拍置いて、不機嫌そうな男の声が小さく響く。

「誰かいないのか。――フランク！」

わたしたちは同時に、ぴたりと手をとめた。

「――ディヴィッドさまかしら。遅くなるって聞いてたけど、メイベルさまがいるから、早く帰ってきたのかも」

「わたしが参りますわ」

ルースの言葉をさえぎって、わたしは椅子《いす》から折り、早足に扉を出た。

厨房を抜け出るまえに、髪を直す。

すばやくポケットからスプーンを取り出して、まつ毛を二回、カールさせる。

急いで廊下《ろうか》に出ると、玄関から向かってくる、ロイの姿が見えた。

「おかえりなさいませ、ロイ・カルヴァートさま」

小さく会釈《えしゃく》して、わたしは言った。

ロイはわたしには目もくれなかった。

どこかから飛んできた従僕、フランクに向かい、厳しい声でどなりつけている。

「とにかく、ベリーは抜かないように！　門の前のも、庭の奥にあるのもだ。この家には四種類のベリーがあるってことを知らないわけじゃあるまい？　ストロベリー、ラズベリー、ブルーベリー、ブラックベリーだ。庭にはこれだけでじゅうぶんだ。あずまやを修理するなら、植えてあるものをちゃんと見ろよ。いまは何もなくても、春になればベリーであふれるんだ。薔《ば》薇《ら》のアーチなんざ作って、わざわざどこにでもあるような屋敷にするなんて馬鹿げてる」

「しかし、薔薇のアーチはディヴィッドさまのご命令でして――」

「だから言ってる。兄貴はなにもわかってないんだ。黒檀の花台なんて悪趣味のきわみだよ、この屋敷はスコットランドの古城じゃないんだぞ」

フランクがおろおろしながら言いかけるのを、ロイは乱暴にさえぎった。

ロイは帽子と、黒のコートを脱いでいる。

下はブルーグレイのフロックコートだが、線をあわせていないので、せっかくの仕立てのよさが台無しになっている。

クラヴァットは皺《しわ》だらけ、見るからに、育ちはいいがだらしのない、名家の次男坊である。

しかし美しかった。背が高い。手足が長くて、肩が広い。朝日をあびた糸のようなプラチナ・ブロンドはやや長めで、同じ色のまつ毛を覆《おお》っている。

それをうるさそうにかきあげるしぐさも、少し骨ばった鼻からあごにかけての線も、恋愛小説の挿絵《さしえ》からそのまま抜け出てきたような美貌《びぼう》である。

「しかし、ディヴィッドさまがお聞きになりますかどうか、ロイさま。ディヴィッドさまはこのたび、ウエイリー家のメイベルさまとご婚約されまして――」

「知ってるよ。だから帰ってきたんだ。どんな女か見てやろうと思って」

「ディヴィッドさまは来月から、メイベルさまともどもこの家にお住みになるのです」

ロイは、フランクをにらみつけた。

「――それ、おまえは受け入れたのか。そしてそのまま、ぼくに伝えてくるのか。鳩でもできる仕事だな、フランク」

「受け入れるもなにも、私は従僕ですので――」

「コートをお預かりいたしますわ、ロイさま」

ロイが少し静かになったのをみはからって、わたしは声をかけた。

ロイは、わたしをじろりと見た。

透き通るサファイアのような青の瞳に、わたしが映る。

「きみ誰？」

「メイドです。名前はシャノ――」

「ああメイドか。制服を着てないからわからなかった。――メイベルはもう、この家に入ってるんだよな？」

ロイはわたしの上にコートをばさりと投げ下ろすと、大またで、廊下を進んでいった。

フランクがあわてて追いかける。

「ディヴィッドさまには今朝になって、急なお仕事が入りまして、本家に行っております。すみ次第、お戻りになる予定でございます。お帰りをお待ちして、今日、ここでパーティを行うのです。メイベルさまは昨夜から客間に入られて――」

「パーティね。奥さま気どりってわけだな。ぼくの部屋はあいてるだろうな。南東の寝室と居間、それから、南西の書斎《しょさい》――」

「南西には、ノエラさまがお入りになっています」

「――なんだって」

ロイはフランクをきっとにらみつけた。

フランクはけんめいにロイを見つめ、言った。

「ロイさまの居間と寝室には、ディヴィッドさまのお手をつけさせてはおりません。ディヴィッドさまは階下の客室でおやすみになり、メイベルさまとメイドの客室になっているのは、ロイさまのとなりのお部屋です。そもそもノエラさまのお部屋は、ロイさまの書斎ではなくて、もともとは客室でございまして」

「それ、兄貴が言ったんだな。そうおまえに言って、書斎に無理にベッドをいれさせたってわけなんだろう」

フランクは困ったような顔でロイを見ていたが、小さくうなずいた。

「ロイさまはいつ帰ってくるかわからないし、小説はどこでも書けるから、文句があるなら、どこかに別に、新しい家を用意すればいいだろうと」

「——そんなわけないだろう！」

ロイは嚙み付くような声で言って、ドン！　と壁をたたいた。

握りしめた手には手袋をはめていない。コートと一緒にとってしまったのだ。どうやらロイは、帽子だの手袋だのを面倒がる種類の人間らしい。

ロイは階段を見上げ、息をひとつつくと、思い切ったようにそちらに進んでいく。

「ロイさま、お待ちください。メイベルさまとノエラさまが滞在中でございます」

「どんな女だ。ウエイリー家だかなんだか知らないが、兄貴が選ぶんだから、どうせ顔と名前だけの馬鹿女に決まってる。ぼくの本に手をつけていたらただじゃおかない」

「お待ちください、ロイさま！」

厨房の扉が開き、メイドたちの顔がのぞいた。玄関の向こうからは、庭師と馬丁もびくびくとこちらの顔色をうかがっているようだ。

――と、ロイは階段を見上げ、ぴたりととまった。

視線の先には、階段からゆっくり降りてくる、ふたつの人影がある。

うしろにいるのは、さらさらした金髪を結い上げた、いかにも貴族の令嬢といったかわいらしい女性、そして、先頭にいるのは黒髪のメイドである。

「お静かになさいませ。どなたなのか知りませんけれど、大声を出すなんて紳士らしくございませんわ」

メイドは低く通る声で言い、軽蔑《けいべつ》の混じった目でロイを見つめた。

## 2　らせん階段の上と下

厨房《ちゅうぼう》から顔をのぞかせていたメイドたちはあわてて口の中のものを飲み込み、デイジーが飛び出してきた。

「メイベルさま、何かありましたでしょうか」

デイジーが声をかけたのは、階段を降りてきたふたりの女性のうち、うしろにいたほうである。

その金髪の少女は、少しきょとんとして、目の前のロイを見つめている。

デイジーは言葉をとめ、フランクがちょっとだけ、目を見張った。

わたしも思わず、少女――メイベル・ウエイリーに釘付けになる。

なんてきれいな子だろう。

イギリス貴族といっても、おそらく、どこかの北欧の王族の血筋でも混じっているのだろう、と思われた。薄い金の髪はさらさらとした絹糸のようで、瞳は濁《にご》りのないオパール、唇はもぎたてのさくらんぼだ。

ドレスはやや古くさい、裾《すそ》をひきずるアフタヌーンドレスだったが、それがなお、絵にかいたような美しい令嬢ぶりをきわだたせている。

「何もないわ、ありがとう。ただ、ディヴィッドが帰って来たように思ったものだから」

小さな銀の鈴を振るような声で、メイベルは言った。

「ぼくで悪かったな」

場の雰囲気《ふんいき》を破ったのは、ロイだった。

どうやらロイは、この場で唯一、メイベルの美貌《びぼう》に魅了されなかった人間らしい。

メイベルは少し首をかしげ、ロイに目をやった。

「あなたは?」

「ディヴィッドの弟ですよ。ロイ・カルヴァート——兄貴から聞いてませんか?」

ロイは階段を見上げ、不遜《ふそん》な表情で言った。

ロイはみるからに不機嫌である。

そして、それをとりつくろう気もないらしい。初対面の兄の婚約者に対する礼儀としては最悪だ。

「聞いていないわ。ディヴィッドは、そういうことはあまり話さなくて」

メイベルは言った。

ロイの不機嫌さに気を悪くはしていない——というより、気づいていないようだ。

育ちのよさからくる鈍さ、という意味では、ロイといい勝負である。

「そうでしょうね。兄貴はぼくを恥じてますからね。しかし、婚約ともなれば話は別だ。兄貴があなたに何を言ったんだか知らないが、ひとつ言っておきたいことがある。この家はぼくのものだから、ぼくを抜きにどうこうしようとしたって無駄ですよ」

「言葉にお気をつけなさいませ、ロイさま」

黒髪で、黒いドレスの女性が、口をはさんだ。

ロイははじめて、もうひとりの女性に気づいたように向き直る。

「あなたは?」

「アガット。メイベル・ウエイリーさまづきのメイドです」

アガットは、メイベル・ウエイリー、という名前を見せ付けるかのように、ゆっくりと言った。

ふたりはアガット、メイベルの順に、こつりこつりと階段を降りてきている。

わたしはアガットに目を走らせる。

アガットはおそらく二十代後半。場馴《ばな》れしたメイドである。

長身の美人で、おそろしく気が強そうだ。可憐《かれん》なメイベルとは対照的である。

ウエイリー子爵家は名門貴族だ。祖父――か、その父親だかはどこかの王族ともつながりがある、ということは、わたしもここへ来るまえに耳にいれていた。

アガットはどうやら、ウエイリー家の代々のメイドの一族——その家に忠誠を誓い、その家の人間以上に、家門に誇りを抱く、そういう使用人らしい。

「メイドなら黙っててくれませんかね。ぼくは兄貴の婚約者に話してるんですよ、ええと——メ」

「メイベル・ウエイリー。お話なら、あとでおうかがいしますわ、ロイ・カルヴァートさま。ディヴィッドさまから正式な紹介を受けたあとに。——デイジー、ディヴィッドさまはいつごろいらっしゃるのでしょうか」

アガットはさらりとロイの言葉をかわし、この話は終わった、といわんばかりに、デイジーに向き直った。

デイジーがあわてたように居ずまいを正す。

「あ——は、はい。今日の夕方には。出て行くときに、パーティには間に合わせるとおっしゃっていましたから」

「遅いですわね」

アガットは鋭い声で言った。

「仕方ないわ、アガット。ディヴィッドは忙しいんですもの」

メイベルがとりなし、かたわらからデイジーが、おそるおそる尋ねる。

「ディヴィッドさまに何かご用でもおありですか」

「いえ。ドレスを選ぶのに迷ったので、見ていただきたいと思っただけです。男性が入って来るのが見えたので降りてきたのですけど、まさかロイさまだとは思わず」

「ぼくの名前だけは知っていた、ってわけですね、アガット。メイベル嬢のほうは知らなかったというのに。それはどうしてかな」

ロイはアガットに向き直り、さらりと髪をかきわけながら、階段に近づいた。

少し落ち着いてきたようである。不機嫌さが、どこか皮肉っぽい、口だけの笑みに変わってきている。

「婚約者のご家族のことは、ひととおり知るようにいたします。当然のことですわ」

「では、ぼくの職業も」

「小説家――ということですわね。といっても、出した本はたった一冊」

「読みましたか」

「いいえ。小説は読みません」

アガットはそっけなく答えた。

ロイの青の瞳に、一瞬だけ、怒りとも哀しみともつかない色が浮かびあがる。

アガットとメイベルは、ロイの前まで来ていた。

アガットは長身だが、さすがにロイのほうが高い。

ロイはしばらく黙っていたが、ふっとアガットから目をそらすと、メイベルに向き直った。

「ぼくはロイ・カルヴァート。ちょっと予定外だったけど、まさか、兄貴を通さなきゃ話もできないわけじゃないでしょう。なんといっても、今後は義理の弟になるんだから。よろしく、メイベル・ウエイリー嬢」

「よろしくお願いします。ロイさま」

メイベルがはにかみながらにこりとする。

ロイはメイベルの手をとって、そっとその甲にキスした。

「それで、兄貴はなんて言っていた？　つまり、この家における、あなたの立場というか、これからの待遇のことだけど。兄貴はいったい、あなたのことをどんなふうに――」

手を放すか放さないかのうちに、ロイがメイベルに向かって話しはじめると、アガットはメイベルとロイの間に割って入るようにして、メイベルの肩に手をやった。

「――行きましょう、メイベルさま。どうやらまだ準備の最中のようです。パーティまで時間もありますし、わざわざ降りてくることはなかったわ」

「ええ、アガット」

メイベルはアガットに導かれて、素直に階段を昇りはじめる。

その背中に、あわてたように声がかかる。

「あの、ノエラさまは、もう起きられましたでしょうか！」

声の主は、エリザベスである。

アガットは、階段をのぼりかけた体を、ぴたりと止めた。

静かにふりかえる。

「ノエラさまは頭痛がするというので、朝食のあとからずっと、ふせっていらっしゃいます。そう言ったはずですが」

エリザベスは目を泳がせた。

アガットに圧倒されているようだが、搾《しぼ》り出すように口を開く。

「では果物でもお持ちしようかと思うのですが。お部屋の鍵《かぎ》を開けていただくわけにはいかないでしょうか」

「わたしもノエラさまのことはご心配さしあげているのですが」

アガットは流れるような声で答えた。

かたわらのメイベルは、どこか心配そうに、アガットを見つめている。

「朝食のあと、ドレスの準備のためにお伺《うかが》いしましたら、いまは誰の顔も見たくないから、放っておいてくれと言われてしまいました。そうまで言われては、こちらからは無理にとは申せません。そのうち頭痛がおさまったら、ご自分から出てこられますでしょう」

「――わたくしがいけないのよ、アガット」

「メイベルさまは何も悪くはございませんわ。ノエラさまは、精神が不安定なのです」

アガットはメイベルをなだめるように言った。

「あの……でしたら、お医者さまをお呼びいたしましょうか」

かたわらから、ルースが口を出す。

ルースは厨房を出て、デイジーのうしろに立っていたのである。

「そうですわね」

アガットは目を細め、ルース、エリザベス、デイジーを順に見た。

「確かに、いずれ必要になるかもしれないわ。──あなた、名前はなんていうのかしら？」

「ルースとお呼びください、アガット」

「あなたは？」

いきなり呼ばれて、デイジーは緊張した。

「デイジーですわ。メイドたちの統括をしておりますの。あの──ミセス・アガットがノエラさまのお世話をされているのなら、わたくしどもはすべて従いますけれども」

「そうね」

アガットはわたしのことはちらりと見ただけだった。たまたまロイのうしろにいたせいかもしれないし、わたしがほかのメイドたちと違って私服で、童顔なので子どものように見えたのかもしれない。

ぐるりとあたりを見渡したあと、アガットはデイジーに視線を戻した。

「では、あと少ししたら、果物を持ってきていただける？　デイジー」

アガットは言った。

横からエリザベスが、あわてたように口をはさむ。

「あの、果物でしたらわたしが」

「あなたは結構ですよ、エリザベス」

アガットは断った。

そのままくるりとふりかえり、らせん階段に向き直る。

「では部屋に戻ります。ディヴィッドさまがお帰りになったら、真っ先にこちらにお知らせください。よろしくね、デイジー」

「かしこまりました」

「行きましょう、メイベルさま」

「ええ――」

メイベルはドレスをつまみ、アガットとともに階段をあがりながら、少しだけふりかえる。

ロイと目が合った。

ロイは不満そうに口をへの字にして、ふたりのうしろ姿を見ているところである。

メイベルはロイに向かって軽くほほえみ、小さく頭を下げて見せた。

「やっぱり、あたしはアガットは苦手だわ――」

ルースは厨房に戻るなり、ずけずけと言った。

一同はどやどやと、それぞれの場所に散ったところである。

ロイだけは不満そうに、最後までアガットとメイベルのうしろ姿を見ていたが、ふたりを追うことはなかった。

フランクが横から何か言いかけるのに、放っておいてくれ、と、鋭いひとことを放っただけである。どこに行ったのかもわからない。

「ちょっと、ルース。誰かが聞いてたらどうするの」

デイジーがとがめ、ルースは肩をすくめた。

「聞いてないわよ。それに、苦手だっていうだけで、嫌いっていうわけじゃないわ。ああいうのが完璧《かんぺき》なメイドっていうなら、あたしには無理って話」

そのとおり、ルースには無理だろう。わたしはうなずきたくなったが、いちおう同意はしないでおく。

ルースはさめたお湯を捨て、新しいお湯をポットに注ぎはじめた。

食事中に間を開けたので、紅茶はすっかり渋くなってしまっている。

「でも、ディヴィッドさまがメイベルさまとご結婚なさったら、あたしたちはアガットの下で働くことになるのよ」

ない。

　デイジーが言った。

　デイジーはルースと違って、アガットを怖れているようである。少し口数が少なくなっているのは、メイベルがカルヴァート家に来てからの、自分の立場のことを考えているのかもしれない。

「アガットが来たら、仕事の合間にお茶したりできなくなりそう」

「メイベルさまはお優しい方みたいよ」

「それはご結婚してみないとわからないわよ。ディヴィッドさまはメイベルさまに首ったけだし。ディヴィッドさまもあれで、けっこう抜けてるところがあるからね。みんなの前ではいばってるけど」

「口には気をつけなさいよ、ルース。何度も言うようだけど。あんた、それさえなきゃいいメイドなんだから」

　デイジーは呆《あき》れたようにルースをたしなめた。

　どうやらこのふたりの間には、これまでにもこういったやりとりがあったようだ。ほかのメイドたちは呆れながら笑っている。

　ノーラがスコーンの皿を持って立ち上がり、エリザベスを除くメイドたちは、がやがや言いながら、もとの厨房のテーブルにつきはじめた。

　エリザベスだけは笑わなかった。果物の籠からぶどうとりんごを選び、銀色のお盆の上に載せている。

「それは、ノエラさまにお出しする果物ですね」

　余計なことかと思ったが、わたしはエリザベスに声をかけた。

　エリザベスはほっとしたようにわたしを見た。

「ええ。準備だけはしておこうと思って。……アガットはデイジーに持ってこいって言っていたけれど、ノエラさまは、わたしが行ったほうが喜んでいただけると思うんだけど」

　エリザベスは優しい性格らしい。自分の食事にも手をつけず、ノエラのことを心配している。

「ノエラさまっていうのは、メイベルさまのお友だちですね」

　わたしは尋ねた。

　婚約した友人のパーティに一緒に来るくらいだから、かなり仲がいいはずである。友達というより付き添い人、話し相手として雇われている女性なのかもしれない。

　エリザベスはうなずいた。

「ノエラ・ブレイクさまは、メイベルさまの遠縁の方なの。数年前にご両親が亡くなって、身寄りがないのでウエイリー家にお世話になっているんですって。メイベルさまよりも少し年齢は上のはずよ」

「メイベルさまがご結婚されたら、ノエラさまはどうなる予定なのかしら」

　少し気にかかって、わたしは尋ねた。

エリザベスは黙り、デイジーが口をはさんだ。

「既婚者になったら付き添い人は要らないわ。ディヴィッドさまは、ノエラさまを歓迎していないようだったから、ノエラさまの行き先は決まってないのかも。もしかして、そのことでノエラさまは落ち込んで、拗《す》ねているのかもしれないわ」

「ノエラさまは、拗ねるような人じゃないわ」

「そうかもしれないけれど、メイベルさまと比べられたら、女としちゃ悔しい気持ちにもなるわよ。ノエラさまは……器量がいいとはいえないし。ウエイリー家の財産がたいしたことないっていっても、あれだけの首飾りを持っているような家ですもの」

ノーラが口をすべらせた。

メイドたちは一瞬黙った。エリザベスはなぜか、怒ったような顔になった。

厨房が妙な雰囲気《ふんいき》になったが、なんとなく、ノーラが言いたいことはわかる。

片方は美人で、結婚が決まったばかり。もう片方はそれほど美しくもなく、生活は友人頼み。

上流階級というのは大変である。上のほうにいる人間は、常にまわりと自分を見比べて、下にすべり落ちないかどうか、ひやひやしていなければならない。

「首飾りというのは？」

わたしが尋ねた。

ノーラは、したり顔でうなずいた。

「ノエラさまは、素敵な首飾りを持ってるの。ウエイリー家に代々伝わっていて、今回、結婚の持参金の代わりに持ってくることになっているのよ。わたしたちは見たことがないけれど、とてもきれいだって噂。メイベルさまとディヴィッドさまとお知りあいになったのも、そのサファイアがきっかけなんですって」

「ちょっと、喋《しゃべ》りすぎよ。ノーラ」

めずらしく、ルースが同僚のおしゃべりをたしなめる。エリザベスは怒ったような表情を隠さずにノーラをにらんでいる。

「では、ノエラさまには、わたしが果物を持っていきましょうか。そろそろおなかもすいてくる時間ですし」

わたしは言った。

「でも、ミセス・アガットはわたしに頼まれたんだけど」

デイジーが反論したが、それをさえぎるようにして、ルースが言った。

「そうね。デイジーが行くまでもないわよ。その果物は、あなたにおまかせしていいかしら、シャノン」

「よろしくね、シャノン」

エリザベスが言った。

少し安心したようである。

「ええ、わたしが行きますわ。――あ、そうそう。ロイさまのお世話はどうなっているのでしょうか。今日お帰りになることは、誰も知らなかったようですけれど。ミスタ・フランクにはほかにお仕事がありますから、わたしたちがお世話をしなくては」

わたしはエリザベスから盆を受け取りながら、さりげなく切り出した。

ルースは、あ、と口に手をあて、紅茶のカップを置いた。

「ロイさま……そういえば、どこにいったのかしら。書斎を勝手にノエラさまの客室にしたんで、怒っていたみたいだけど」

「ディヴィッドさまが帰ってきたらケンカになるんじゃないかしら。いまのうちに、違う部屋を用意したほうがいいかも。下にはまだ残ってるから」

「フランクがなんとかするんじゃない?」

「ロイさまが素直に言うことを聞くかしら……」

「では、わたし、これからどうしたいか、ロイさまにお尋ねしてきます」

わたしは言った。

一同のなかに、ほっとしたような空気が漂う。

彼女たちはきっと、ロイと会うのははじめてなのだろうが、どうやら噂は知っているようだ。

ロイ・カルヴァート。

わがままで、怠《なま》け者の放蕩者《ほうとうもの》。大学にいたときに、たまたま書いた小説が評判になるも、それ以来は鳴かず飛ばず。

優秀な兄に比べて、なにもかも劣る弟。

それなのに本人は小説家をきどって、彼の父と兄が築きあげた、カルヴァート・カンパニーの財産を食いつぶすようにして生活している、と。

そもそも小説とは低俗なものだと思っているカルヴァート家の男性たちは、ロイが小説家を名乗るのを苦々しく思っているようである。

ディヴィッドがロイに婚約のことを告げなかったのも、ロイがカルヴァート家で歓迎されていないからに違いない。

わたしはディヴィッドには会ったことがないが、父によれば、生真面目《きまじめ》で、融通《ゆうずう》のきかない、ロイとはまったく違うタイプの男性らしい。ふたりはあまり仲がよくないようだ。

「助かるわ、シャノン。いまはとてもそこまで頭がまわらなくて」

部屋を出ていくわたしに、ルースが感心したように言った。

「どういたしまして、ルース」

わたしはルースと、ほかのメイドたちに向かって、ぺこりと膝を折った。

「ノエラさま。果物をお持ちいたしました」

ノエラの部屋は、階上の廊下《ろうか》をまっすぐ進んで、右のつきあたりにあった。

この屋敷は、中央を東西に区切るように長い廊下で区切られている。廊下の左右にずらりと部屋の扉が並ぶ形である。

使用人用の奥の階段をのぼって、左が東、右が西側。

西だと夕方の光が入るので、東のほうがいい部屋、ということになる。実際、メイベルの部屋は東の北側にあるようだ。

声をかけたが返事がないので、わたしはドアノブに手をかけ、まわしてみた。

がちゃっ、と音がして、ノブがとまる。

鍵がかかっているのである。エリザベスの言ったとおりだ。

「——ノエラさま」

なんだか、妙な予感がした。

扉の中に、気配がないのである。

そもそも、頭が痛いから部屋に入ってこないで、とケンカをした友人に言うのはわかるが、メイドにまで意地をはるものだろうか。

けさは普通に声を交わしたようだから、眠っているというのもおかしなものだし。

時刻は昼を過ぎている。そろそろおなかがすくころである。

起き上がれないくらい体調が悪いのなら、それはそれで心配だ。

わたしは何度か声をかけ、がちゃがちゃとノブをまわしてみたが、何も反応はなかった。

左右を見回すと、となりに小さい扉がある。

この部屋には次の間があるらしい。小さな部屋がついていて、中でつながっているのだ。

わたしは果物を持ったまま、小さな扉に近寄った。

「そこで何をしているの？」

そのとき、声がかかった。

アガットの声である。

アガットは東のいちばん端の部屋から出てきていたところだった。そこがアガットの部屋らしい。たぶん、メイベルの部屋のとなりだろう。

アガットは早足で歩いてきていて、立ちふさがるようにしてわたしの前に来た。

「果物をお持ちしたのですが、ノエラさまのお返事がないので、心配になりまして」

わたしはていねいに言った。

アガットは冷たい目で、わたしを見た。

「あなたはメイドなの？」

わたしはていねいに膝を折った。

「はい。シャノンと申します。今日入ったばかりなので、制服が間に合わなかったのです」

「入ったばかりなのね。――こっちへ来て、あなた」

アガットは小さく口の中でつぶやくと、わたしの先に立って、廊下を歩いていく。

「なんでしょうか」

「話があるのよ。あなた、わたしがずいぶん冷たいと思っているでしょうけれど、これには複雑な事情があるの。メイベルさまは、ノエラさまの頭が冷えるのを待っているのです」

アガットの声が、急に優しくなった。

アガットはわたしを見つめている。言い含めるようにして、声がゆっくりになっている。

わたしを見定めているのである。

わたしはアガットから目をそらさず、みじろぎもしないでアガットを見つめ返した。

「複雑な事情、というと、いったいなんでしょうか」

アガットはそのままぐいぐいと廊下をすすみ、廊下のつきあたりの、大きな出窓の前に来る。

窓には分厚いカーテンがかかっていた。緑の地に、赤い苺《いちご》が散った模様である。

階下のカーテンや調度品《ちょうどひん》は、貴族らしい、どこか重々しい雰囲気のものだったが、階上は逆である。調度品は明るいオーク色、カーテンはかわいらしい、花やフルーツの柄のものだ。

おそらく、まだ改装が間に合っていない、ということなのだろうが。草の模様をした壁紙や、太陽の色に蔦《つた》を模したじゅうたんには、こちらのほうがぴったりと似合う。

「あなた、ひょっとしたら、これからメイベルさまにお仕えするかもしれないわね。だったら、メイベルさまの気持ちを話しておくわ。――ノエラさまとメイベルさまはご友人で、ずっとメイベルさまがノエラさまの面倒を見てきたのだけど、メイベルさまがご結婚したら、この関係は解消になるのです」

「そうですか」

わたしは言った。

メイドたちの噂話のとおりである。

わたしは、複雑な気持ちになる。

婚約者とのパーティを目の前にした美人の友人に対して、恵まれない友人が、意地をはって、部屋に閉じこもっている。

なんだか、ぞっとしない状況だ。ルースあたりには理解できないかもしれない。

「つまりノエラさまは、メイベルさまのご結婚に反対なの。当然ですよ。自分の安泰《あんたい》な生活が奪われるのですからね。昨夜、ノエラさまとメイベルさまはケンカをなさいました。それから部屋に閉じこもっていたわ、おそらくノエラさまはパーティに出たくないんじゃないかしら」

「そうだったんですか」

わたしは機械的に言った。

アガットはうなずいた。

「ノエラさまは頭に血がのぼっているのだと思うわ。メイベルさまに嫉妬《しっと》して、拗《す》ねているんですよ」

「ノエラさまというのは、激しい女性のようですね」

「そうでもしないと、自分の言うことを主張できないんですよ。ノエラさまは、何ももっていないんですから。メイベルさまと比べたら、本当に何も」

「では、そのことを気に病んで寝付いているのかもしれないですね。——鍵《かぎ》は、ミセス・アガットは持っているのですか？」

わたしは尋ねた。

わたしとアガットは廊下からノエラの部屋に戻りつつある。

アガットがぴくりと肩を動かす。

「ノエラさまのお部屋の鍵は、わたしは持っていないわ」

「ではわたし、フランクから借りてきます」

「——部屋を開けるのは、まだ早いでしょう。できるならディヴィッドさまをお待ちしたいのよ。それがメイベルさまの意向です」

「わかりました。どちらにしろ、鍵の準備はしていたほうがいいと思います。女性の健康のことですので」

「そうね。——どうしようかしら」

アガットは珍しく、逡巡《しゅんじゅん》した。

わたしが果物のお盆を持ったままたたずんでいると、アガットが急に、まなじりをつりあげ

とした。

「何をしているのですか、ロイさま！」

わたしははっとして、首をまわす。

アガットの視線の先にはロイがいる。

ロイは中央の階段をあがってきて、廊下を歩き、ノエラの部屋の扉をがちゃがちゃと回そうとしていたのである。


「この部屋にはぼくの書棚《しょだな》がある。ここを客間として提供するなんて聞いていない」

あいさつもなにもない、さっきの傍若無人《ぼうじゃくぶじん》さで、ロイはアガットに向き直った。

「この部屋が、どういう経緯でわたしたちの客間になったのかなど知りません」

アガットは言った。

この屋敷の主人はロイ、アガットは客人のメイドなのだが、低姿勢ではない。高圧的といっていい態度である。

「その兄貴が帰ってこないから、こうやって来たんじゃないか。もっとも兄貴に頼んだって無駄だけどね。兄貴は希少本の価値なんてまったくわかってないから。ぼくはこの本の書棚を確認しなきゃならない」

「お見苦しゅうございます、ロイ・カルヴァートさま」

アガットはきっぱりと言った。

「残念ですが、ここはノエラさまがおやすみになっておりますので、お通しするわけにはございません。女性の寝室です。下手《へた》をするとロイさまのご評判にかかわりますよ。いますぐお引き取りくださいませ」

わたしはかたわらでアガットとロイが話しているのを眺め、ふと、目のまえに扉があるのに気付いた。

ノエラの次の間の扉である。

わたしはすばやく扉に手をかけた。

がちゃ、と音がする。

ノブは回らなかった。

次の間の鍵は、ノエラの寝室同様、中から閉まっている。

ロイと対峙《たいじ》していたアガットは、ちらりとわたしを見たが、何も言わなかった。

ロイはアガットを見つめ、口を開きかけたか、アガットの言葉に反論する余地はない。

やがて悔しそうに身をひるがえすと、どたどたと階段を下っていった。

結局、ノエラの部屋を開けることはなかった。

フランクからスペアの鍵を借りてくれば、すぐに部屋を開けてもよさそうな雰囲気だったのだが、ロイを前にして、アガットがもとの鋼鉄のようなメイドに戻ってしまったので、時間を置いたほうがいいと判断したのである。

それに、わたしにもなにか、ひっかかるものがある。

ノエラについてはどうやら、エリザベスとアガットでは印象が違うようだ。

エリザベスはノエラと会ったのは昨日だから、長く過ごしてきたアガットの見方のほうが正しいのだろうけれど。

果物を厨房に戻したあと、わたしが西の庭に出ていくと、ロイがブランコに座って、足だけでゆらゆらと揺らしているのが見えた。

ロイはけわしい顔で、手にした草をちぎっている。

わたしは屋敷の陰にひっこみ、ポケットからスプーンを取り出した。

ルースがうっかりしていたせいで、メイドの制服がまにあわなかったのは幸いだった。

エプロンをつけていても、ルースたちとはちょっと違う感じになるし、メイドの帽子をかぶらないで、リボンをつけたままでいられる。

わたしはスプーンを手で温めると、まぶたにあてて、軽くカールさせた。

本当は、澄んだ水を目に落として、瞳をうるうるさせたいところなのだけれど、間に合わないのが残念である。

まとめた髪を軽くなでつけ、唇を軽く噛《か》んで血行をよくしてから、何食わぬ顔をしてロイの近くまで歩いて行く。

「ここにいたのですか、ロイさま」

わたしはロイに声をかけた。

ロイは顔をあげ、軽く眉《まゆ》をひそめた。

「きみは、ええと——」

「シャノンです。メイドです」

「ああメイドか。さっきもいたよな」

ロイは、わたしの顔を覚えていた。

ロイはブランコに手をかけている。長い足がブランコの下に納まりきらなくて、下衣に変なしわがよっていた。

わたしは眉をひそめる。

コートはともかく、ズボンだけはきちんとプレスしたものを穿《は》かなくては、紳士とはいえないというのに……。

クラヴァットの結び方は適当、フロックコートのボタンは締めず、袖口《そでぐち》にカフスもしていない。父がロイを見たら、即刻寝室に連れていって、身包《みぐる》みをはいでしまうところである。

それでもなお美しい――おそらく、身だしなみを完璧《かんぺき》に整えたどこの貴族よりも、だらしない格好で、ふてくされてブランコを漕《こ》いでいるロイのほうが目をひくのは間違いない。

ひょっとしたら、ロイのこの身だしなみの悪さは、もとからの素材のよさに甘えているからではないのか、と思ってしまうくらいに。

いや、ほとんどの原因は、ロイにきちんとしたメイドや従僕がついていないからだろうけれども。

たとえ放蕩者《ほうとうもの》であろうとも、カルヴァート家の次男であるロイが、従僕のひとりも連れていないというのはおかしなものである。

「はい。さきほど、ノエラさまのお部屋の前でもお会いしました」

「ノエラっていうのか、あの部屋を使っている女は」

ロイは、すっかりふてくされた様子でつぶやくと、手にしていた草を投げた。

緑の草は飛ぶこともなく、ひょろひょろと地面に落ちる。

「それ、苺ですね」

わたしは言った。

「そう。庭師のやつが門のそばのブラックベリーを切って、薔薇《ばら》を植えようとしてたから、すぐにやめさせた。ベリーはこの屋敷の象徴なんだ。確かに冬は殺風景《さっぷうけい》だけど、派手な花を植えたら埋もれちゃうだろ」

ロイはわたしを見なかった。少し寂しそうにつぶやくと、ブランコのひもに手をかけ、ゆっくりと揺らしはじめる。

古いブランコは、ぎしぎしと音をたてた。さすがにロイは重いようだ。

「ベリーは手入れが大変でしょう」

「それが庭師の仕事だ」

ロイはぶつぶつと言った。

「だいたい、親父も兄貴も勝手なんだよ。結婚するのはいいけど、この屋敷を新居にするなんて聞いてなかった。ここはぼくが、ロンドンに戻ってきたときの仕事部屋なんだ。きっと兄貴は、それを知ってたから、ぼくに婚約のことを言わなかったんだよ。ぼくがいないうちに、何食わぬうちに終わらせておこうと思って」

「ディヴィッドさまはロイさまに、何もお知らせにならなかったのですか？」

「連絡はなかったね。ゆっくりしろとか言って、旅行先に、いつもよりも大目の金を振り込んできたくらいだ。兄貴が結婚するっていうのは、フランクから知ったんだよ。それで大急ぎで戻ってきたんだ」

「ご兄弟仲は、あまりよくないようですね」

余計なおせっかいかと思ったが、わたしは言った。

「よくないさ。向こうが避けてる。——こっちの気持ちも知らないで」

ロイはもごもごとつぶやき、それから急に、きっと顔をあげた。

「そんなことはどうでもいいじゃないか、なんでぼくが、メイドにこんなこと言わなきゃならないんだ！」

「そうではないかと思っておりましたので」

「ぼくがカルヴァート家のお荷物だって言いたいのか。メイドは兄貴や親父の味方だからな。ぼくを責めたいんなら、さっさとこの家を出てロンドンに行けよ」

「いいえ。わたしは、ロイさまは小説家だと言いたいのです。小説家の気持ちは、それ以外の人にはわかりませんわ」

わたしは言った。

ロイは探るような目でわたしをじっと見ている。

ロイは見た目ほど単純な人間ではない。自分以外の人間を信じていないのかもしれない。

「――ぼくの小説を知ってるのか」

ロイは疑り深そうな声でつぶやいた。

「はい。デビュー作の『赤薔薇の愛、青薔薇の虜《とりこ》』は大変面白かったですわ」

ロイは少し驚いたように顔を向けた。

「――小説が好きなのか」

「はい」

「そうか。珍しいな。メイドのくせに」

「メイドでも、読みますわ」

正確には、昨日まではメイドじゃなかったのですが——と言いたくなったが、わたしはこらえた。

わたしが昨夜《ゆうべ》、眠るまえのベッドの中で、あの胸躍るロマンス小説を、とりわけ主人公の金髪の美青年の台詞《せりふ》を、何回も読み返していたことなんて、ロイは知らなくていいのだ。

ロイはまだふてくされていたが、声は少しだけ和《やわ》らいでいた。

ブランコのひもに手をかけ、空を見上げる。冬らしいすみきった空に、きれぎれの雲が浮かんでいた。

「あれはぼくとしても不本意な本なんだ。大学で、友人たちに言われるまま、遊びで書いてみたら売れたってだけでさ。恋愛部分が評判になって、女性に人気が出たりしたんで、兄貴や親父なんかは腰を抜かした。それ以来、あのふたりはぼくのことを珍しい動物をみるような目で見る。だったらいっそ家を出て、金だけ仕送りしてもらって、外で書こうと思ったんだよ」

「といっても、二冊目以降はなかなか芽が出ないようですけれども」

ロイはきっとわたしをにらんだ。

「二作目は書いたさ。出版社に見る目がなくて、どこも買わなかっただけだ。三作目はやっと構想がまとまって、これから書くんだ。今度はちゃんとした社会派のやつだよ。だから、わざわざ帰ってきたんだ。この家には本だってたくさんおいてあるし。いまさら明け渡せって言われたって困る」

ロイは顔をあげた。

目の前には、屋敷の南西側の壁がある。

石とレンガが組み合わされ、上の窓から緑色の蔦《つた》がからまりついている。零階《グランドフロア》は厨房と倉庫で、広い窓はとっていない。

ロンドンの邸宅と比べるとこぢんまりしているが、こうしてみるとやはり大きい。

ロイの視線の先には、小さなバルコニーがある。

バルコニーの向こうには、ガラスの窓。冬なのでもちろんあいていない。きっちりと閉じられた苺模様のカーテンが見える。

「──あそこが、さっきの部屋なんだ」

やがてロイは、ぽつりと言った。

「そうですわね。ノエラさまはもう起きられましたかしら」

わたしは言ったが、おそらくまだだろうと踏んだ。

寒いので、ベッドから起きられるのなら真っ先にメイドを呼んで、暖炉に火をいれるように言いつけそうなものだ。

暖炉に火をいれるときは、いったんは窓の空気を入れ換えるものである。

窓の向こうはしんとしている。いよいよ、ノエラさまは大丈夫かしら——と少し心配になったところで、ロイが言った。

「あの部屋にいる女がどうだろうと、ぼくには関係ない。ぼくの書庫を、勝手に客用の寝室にしたのは兄貴だからな。ぼくはこれからあの部屋に入ろうと思うんだが、協力してもらえないか、シャノン」

ロイはやっと、わたしの名前を覚えた。

しかも、いったんは味方だと判定したようである。

わたしは少し嬉しくなり、同時に眉《まゆ》を曇らせる。

アガットの肩をもつわけではないが、女性が眠っている部屋に、いくら主人といっても男性をこっそりと入れるわけにはいかない。

「お部屋には鍵がかかっています」

「フランクに行って借りてくる。フランクはぼくの味方だから、何もいわずに貸してくれるよ」

「どちらにしろ、アガットには許可をとりませんと。女性の寝室ですので」

「あのなあ」

ロイはうんざりしたように、わたしに向き直った。

「誤解しているようだけど、ぼくはノエラなんて女のことなんてどうでもいいんだよ。部屋のまんなかで裸で踊っていたって、無視して通り過ぎるさ。あの部屋の書架には希少な本が並んでいるんだが、もののわからない女なら、これは暖炉のたきつけにいいといって燃やしかねない。ぼくの大事な本が無事かどうか確かめて、できるなら避難させたいと思うことはいけないことか？」

「まさかディヴィッドさまだって、ロイさまの本を勝手に移動させたりはしないでしょう」

「そのまさかはありうるのさ。兄貴には」

ロイは言いかけて、口をつぐんだ。

「——とにかく、ぼくは兄貴が来るまえに、あの部屋から何冊かの本を持ち出したい。ぼくのものだよ。別に悪いことじゃないだろう」

「でしたら、アガットさまにそうおっしゃってみたらどうでしょう」

「あのメイドがぼくの言うことを聞くとでも？」

思わない。アガットは、ロイを蔑視《べっし》している。

わたしは少し考える。

わたしは誰に従うべきなのか、と。

この場合、父ならどうするだろうか。

わたしはカルヴァート家のメイドである。

ウエイリー家のメイドに従う必要はない。少なくとも、ディヴィッドさまとメイベルさまが正式に結婚するまでは。

ディヴィッドがいれば別だけれど、まだ彼とはあいさつもしていない。

なにより、ノエラさまのことが気にかかる。

「ぼくが何を言ったって、どうせあのメイドが邪魔をするだろ。男ひとりがこっそり入るのはさすがにまずいし、あとが面倒だ。形だけでも女性がいたほうがいい。きみの協力が必要なんだ」

どうやらロイも、少しは体裁《ていさい》というものを考えているようである。

ロイはわたしを見つめた。

青色の瞳が、太陽の光にきらめいて光っている。よくみると、中心だけ少し、灰色がかっているようだ。

「——わかりました、ロイさま」

わたしは答えた。

正直、ここでロイに従うということが、完璧なメイドであることなのかどうか、自信はもてなかったのだが。


「鍵は手に入ったよ」

わたしが庭の裏で待っていると、ロイはわたしの前まで歩いてきて、得意げに金の鍵をわたしの前にかかげてみせた。

わたしは少しだけ、眉をひそめる。

「ミスタ・フランクはずいぶん、鷹揚《おうよう》な方ですわね」

ロイは、ふふんと笑った。

「簡単なことさ。鍵入れはどこかと尋ねて、出したところで、中座するように命じただけだ」

「なんだか慣れてますのね」

「ぼくは鍵を持つのが苦手なんだ。すぐ失くすし、面倒だからいつもフランクに管理してもらってる。フランクはぼくの味方だって言っただろ。本心は、兄貴なんかにこの家を渡したくないのさ」

といっても、フランクは、まさかロイが、女性の客室にこっそりと入り込もうとしているとは思ってもいないのだろうけど。

ロイは子どものように得意になっていた。手袋をしない人差し指に鍵をぶら下げ、廊下《ろうか》をすたすたと歩いていく。

「ことがばれたら、きっとディヴィッドさまとアガットに、フランクがこっぴどく叱られますわよ」

「それもフランクの仕事だ」

ロイはしゃあしゃあと言う。

わたしはフランクが気の毒になった。

もっとも、フランク自身も、自分が叱られて、それですむならいいと思っているのかもしれないけれど。

主人の咎《とが》を受け止めて、かわりに叱られるのは使用人の役目である。

しかし、そうやって尻拭《しりぬぐ》いをするのが積み重なっていくと、いつのまにか立場が逆転して、ここぞというときに主人のほうが使用人に逆らえなくなったりする。

それを考えると、主人というのは、少しくらいわがままなほうがいいとも言える。

「そんなに難しいことじゃない。ノエラが眠っているベッドの横を通り抜けて、もし起きているなら、わけを話して——それはきみが頼むよ——本をとらせてもらうだけだ。あとは好きなだけ部屋に閉じこもっていてくださいってね。自分の家なんだぜ？　勝手に入るもなにもあるもんか。それに、きみはメイドなんだからな。空気みたいなもんだ」

ロイは鍵を指先でふりまわしながら、皮肉っぽく笑った。

「ノエラの機嫌がよさそうなら、きみは、ノエラをぼくに紹介してくれ。せっかくの機会だ。ちょっとノエラと話してみる」

「ノエラさまのことはどうでもいいのでは？」

「ノエラのことはどうでもいいけど、兄貴の結婚はどうでもよくない。本当はメイベルと話したいけど、あの令嬢はきっと、ふわふわの飴菓子《あめがし》みたいなもんだろうからな。どれだけ舐《な》めたって芯は出てこない。だからその親友と話して、メイベルって女を見極めるのさ」

ロイはメイベルを気にしている。メイベルがどんな女だかみてやろうと思って来た、というのはあながち、嘘ではなかったらしい。

「アガットの応対はどうなさるおつもりですか」

ゆっくりと階段を昇りながら、わたしは言った。

「アガット？」

「きっといますわ」

「いないのを見はからって入っていけばいい。見張っているわけじゃあるまいし、すぐに出てきたりするもんか」

わたしは、首を振った。

「アガットは、ノエラさまの斜め向かいのお部屋をいただいています。メイベルさまのとなりの部屋です。廊下に気配がしたら、すぐにわかります」

「わかるもんか。部屋の中にいて」

「アガットならわかります」

わたしは断言した。

さっきわたしが扉を叩いたときも、アガットははかったかのように出てきた。

父などは、倉庫で新しい石炭をかきだして袋詰めをしていても、門に人が来るときにはすぐわかって、彼らが入ってくるまえに、玄関に迎えに出ていたものだ。

わたしがそのことを不思議に思って父に尋ねると、父は、あたりまえのように答えた。使用人とは耳がいいものだ、と。

残念ながら、わたしはまだそこまでの域に達していない。

ロイは眉根《まゆね》に皺《しわ》を寄せて、手の中にある鍵を見た。

「——だったら、どうすればいいんだ？」

ロイは案外素直に、わたしに尋ねた。

「——そこで何をしているのですか、ロイさま」

ロイが廊下をうろうろしていると、すぐにアガットが出てくるのが見えた。

「いやあ、やっぱりこの部屋が気になって。ミス・ノエラも、そろそろおなかがすいてくるころだと思うんですがねえ」

ロイは言った。

アガットは、うんざりしたように言った。

「そのことでしたら、この家のメイドにお願いしております。あなたがお部屋に入る必要はございません」

「どうしてだめなんですか？　少しくらい、いいじゃないですか。ぼくは実は、ノエラ嬢に興味があるんですよ」

ロイはへらへらしている。いかにもはみだし者の次男坊、といった様子である。

なるほど——わたしは納得する。ロイが偽悪的なのは、誰にも理解されなくていらだっているからだと思っていたけれど、こういうふうに、あえて相手の望むような態度をとることもあるらしい。

実際のロイは、はみだし者ではあるけれど、女性好き、遊び好きということはない。いたって真面目《まじめ》である。——たぶん。

「ロイさま、それはどういう意味ですか」

アガットは厳しい顔になって、ロイに向かう。

ロイはアガットの肩に手をかけ、廊下の向こうがわに連れていこうとする。

「——ロイさま、おふざけはやめてください」

「ふざけてなんかいませんよ、アガット。あなたとは一回、話してみたかったんだ。つまり、メイベル嬢が本当に本気で、兄貴を好きであるかどうかってことについて——」

アガットは、ロイの手をぴしりと追い払う。

ロイは出窓の前までいく。ここは窓を広くとってあって、植物を育てるために南側に少しまわりこむスペースがあるので、廊下や階段から死角になる。

階段の陰にいたわたしは、しのび足で廊下を走った。

本当は、わたしがアガットをひきつけておいて、ロイが部屋に入ったほうがいいのだけれど、ノエラが寝間着だったりしたらやっぱりまずいので、部屋に入る係はわたしになった。

どうかノエラが気難しくありませんように。新人メイドの無礼を許して、事情をわかってもらえますように！

わたしは鍵穴に鍵を差し込んだ。

かちゃり――と確かな手ごたえがあって、扉が開く。

わたしはすばやく部屋に入り込むと、うしろ手に扉を閉めた。

「ノエラさま、お元気でしょうか」

わたしは、祈るような気持ちで声をかける。

返事はなかった。

部屋の中央には天蓋《てんがい》つきのベッドがある。黒い鉄でできたもので、四方がレースと、ふわふわしたシフォンで覆《おお》われたものだ。

あとは暖炉と飾り棚《だな》、北側の壁いちめんには、天井までぎっしりと本がつめこまれた棚、ロイのいうところの書架がある。

本来客室ではなくて、書斎のように使っていた部屋に、無理やりベッドをいれたようだ。

むせかえるような強い薔薇《ばら》の香りがした。

うっすらと透けるシフォンの向こうに、黒髪の女性が横たわっているのがみえる。

ベッドのまわりを中心に、部屋全体に薔薇が飾られているのだ。

「ノエラさま。わたしはメイドのシャノンと申します。おやすみのところ申しわけございません」

わたしはもう一度声をかけ、ゆっくりとベッドに近寄った。

シフォンを手にとり、そっとかきわける。

ひょっとしたら、このときわたしは、もう、わかっていたのかもしれない。

ベッドの上には、青ざめた頬をした女性が、目を閉じて眠っている。

枕には乱れた黒髪とともに、赤い薔薇の花びらが落ちていた。

苦しそうに天井に向かっているその顔、その唇から、ひとすじの血が、流れて固まりついていた。

わたしはじっとその場にたたずみ、彼女を見つめた。

確かめるまでもなかった。――これまで何回か、見たことがある。

ノエラは死んでいた。死体となって、ここベリーカルテットの客室に横たわっていたのである。

# 3　情熱の薔薇と冷たいベッド

――ベッドの上に、黒髪の女性の遺体が横たわっている。


さて、いまのわたしにわかっているのは、これだけである。

亡くなった女性が、カルヴァート家の嫡男《ちゃくなん》ディヴィッドさまの婚約者の友人、ノエラ・ブレイクであるかどうかは、わたしにはわからない。彼女とは会ったことがないからだ。

わたしは数秒目を閉じて、彼女のために神に祈る。

それから目を開く。

叫んではならない。わたしが叫べば、廊下《ろうか》の外にいるアガットやロイ、メイドの仲間たち、フランクがすぐにやってくる。

それはもちろん必要なことだが、あとでいい。空気が変わってしまうからだ。

わたしは女性を見つめ、視野を広くして、ベッドのまわりから均等に、その場所を目にやきつける。

使用人は耳がいいものだ――もっというなら、耳を鍛えなくてはならない――という言葉と同時に、わたしには父からきいた言葉がある。

使用人は目がいいものだ――目を鍛えなくてはならない。ありのままを見る目を。

すなわち、使用人の仕事はひとつ。片付けること。

そのためには、予測することと、記憶すること。

これから起こること――主人が起こすであろうことを予測して、対処し、そして、意気揚々と――か、あるいはすごすごと、主人が帰ってきたとき、昨日とかわりないようにもとに戻す。

それを、片付ける、という。

もとに戻すためには、まず、もとの状態を見て、覚えておかなければならない。

わたしは薔薇《ばら》に囲まれたベッドのまわりの状態を目にやきつける。

ベッドのそばの床には、銀色のピルケースと、ばらばらと白い薬がこぼれている。

ベッドサイドの小さな机の上には、鍵《かぎ》。――わたしが持っているスペアキーと形は同じだが、少し古びている、マスターキーである。

わたしは窓ぎわを覚え、埃《ほこり》っぽい書棚《しょだな》の様子を覚えた。

ベッドをぐるりとまわって、次の間の扉までいく。

わたしはドアノブに脂《あぶら》がつかないように、手にハンカチを巻きつけて、そっとまわした。

扉はしっかりと閉まっている。

こちらから締める扉である。

窓も、入り口も、次の間にも鍵がかかっており、鍵が部屋の中にあった――ということは、ノエラは内側から扉を閉めた状態で亡くなったことになる。

部屋の中は乱れていなかった。

扉と窓を確かめて、しのび足でベッドに戻るとき、部屋のすみの小さなペン机の上に、薄い紙が載っているのが見えた。

わたしは扉にちらりと目をやったあと、紙を手にとる。

数行のしっかりとした手書きの文章が、目に飛び込んできた。


わたしはずっと幸せでした。辛《つら》いこともあったけれど、なにもかも自分で選んできたことです。後悔はありません。

だから、メイベルを責めないで。わたしは彼女の幸せを心から祈っています。

これはわたしが自分でくだした結論であり、選択です。大丈夫。

わたしは、わたしの手によって、すべてのことを終わらせます。

ノエラ

折り畳《たた》んだあとのついた便せんである。文字は青いインクだった。

意味はわからないが、遺書、ということか。

わたしが注意深く紙をもとの場所に置いているとき、扉の向こうで音がした。

「ええい、うるさいな。とにかくぼくはこの部屋に入れればいいんだ。ここはぼくの家なんだぞ——」

「勝手なことをなさらないでください、ロイさま！」

「いいから、放っておいてくれ！　おまえはただのメイドだろうが」

「メイベルさまのメイドでございます」

わたしはため息をつく。

わたしが部屋に入っている間はアガットをひきつけておく、と打ち合わせをしたのに、ロイの辛抱《しんぼう》は長く続かなかったらしい。

わたしはもう一度、部屋をさっと眺め渡してから、早足で扉に近寄り、開いた。

廊下にはロイとアガットがいる。

アガットははっとしたようにわたしを見つめ、一瞬、息を呑《の》んだ。アガットらしくない、はじめての表情である。

「——お静かになさってください、ロイさま。アガット」

アガットが口を開くのに先んじて、わたしは、静かに言った。

「あなた――シャノン、いったい何の権利があって……」

「わけはあとで話します。おふたりとも中にお入りください」

「ぼくが頼んだんだよ、アガット。おまえのききわけが悪いからだ」

ロイが勝ち誇ったようにアガットに告げ、意気揚々と向かってきた。アガットは黒いドレスのすそをつまみ、怒りをこらえながら続く。

「アガット――何かあったの？」

そのとき、かちゃり――と音がして、斜め向かいの部屋が開いた。出てきたのはメイベルである。

メイベルは、ノエラの部屋の中にいるわたしを見て、目をぱちくりさせた。

「何もございません。おじょうさま。お部屋にお戻りください」

「ノエラが起きたの？」

「存じません」

アガットは感情のないような声で言うと、ばたんと扉を閉じ、ロイに続いて部屋に入ってきた。

「お静かに。死者は静寂を好みます」

わたしは低い声でふたりに告げた。

ロイはやっと、わたしが真剣なのに気づいたらしい。

「死………し……？」

「お確かめください。――アガットさま、ベッドに眠っていらっしゃるのは、ノエラさまですね？」

「シャノン、どういうことだ……？」

ロイとアガットはベッドのかたわらまで近寄っていた。

ロイは気配を感じたのか、声を低めている。わたしがベッドのカーテンを開けると、びっくりしたようにあとずさる。

アガットは眉《まゆ》をひそめた。

「わたしが入ってきたときには、すでにこと切れていました。これから警察を呼ぶことになると思います。もちろんパーティも中止にしなければ」

わたしはつとめて淡々と告げた。

アガットがわたしを見た。

「――警察？　自分でやったことでしょう」

「それを判断するのはわたしたちではありません」

「警察を呼ぶなんて、馬鹿げてますわ」

アガットは、冷たい表情でわたしに目をやり、ベッドのそばに散らばった白い錠剤《じょうざい》を指差した。

「そこに薬が散らばっています。ノエラさまはお体が弱くて、たくさんのお薬を飲まれていました。おそらくその中に毒薬があったのです。もしかして眠るまえに薬を飲もうとして、間違えたのかもしれないわ。——気づかなかったのはわたしのミスですけれど、警察まで呼ぶことですかしら。お医者さまに来ていただいて、死亡の証明書だけを書いていただければ、それでいいことです」

わたしはじっとアガットを見つめた。

「眠るまえに間違って飲んだということはありません。ノエラさまは寝間着でなく、普段着のドレスを着ていますから」

アガットは一瞬言葉を失ったが、すぐに持ち直した。

「でしたら覚悟の自殺だったのでしょう」

アガットは言いながら、ベッドに手をのばした。

「触ってはいけません、アガット」

わたしがとめたが、アガットはすばやく毛布を直し、ノエラの乱れた髪を整えていた。

ゆっくりとそれらを終えたあと、わたしに向き直る。

「警察を呼ぶ必要はありません。事件になると、メイベルさまに傷がつきます。そんなことは、ディヴィッドさまだって望まないはずですよ」

「ミス・アガット——そのメイベルさまのご友人、ノエラさまが亡くなっているのですよ。メイベルさまにつくかもしれない傷のほうが大事ですか」

わたしは言った。

ノエラの死に顔は、のどにひっかいたような傷があるほかは、静かだった。

口から流れているひとすじの血は、絵に描いたように鮮やかである。グレイのドレスに包まれた、ほっそりとした肩が毛布から少し出ている。

散らばった黒髪に白い肌。ふせられた瞳のまわりの長いまつ毛が、頬に影を落としていた。メイベルに比べたら美人ではないけれど、けして不器量ではないと思う。

アガットはわたしに向き直った。

「はっきりいって、そうですわ。わたしはメイベルさまのメイドですので。正直、ノエラさまにはメイベルさまのご友人、という以外には、お仕えする必要はございませんでした。亡くなられたいまは、そんな義務さえもうないわけです」

なんですって——。

頭に血がのぼりそうになる。

これでは、エリザベスのほうがまだましである。

「ノエラさまにも、長くお仕えしていたのでしょう」

「二年ほどになりますわね、幼いころから面倒をみてきたメイベルさまとは比べものになりません。あなたこそ、わたしに命じることができる立場ではないのではなくて？」

「命じているのではありません。こういうときには、常識的な対応というものがあるんです」

「それを決めるのはあなたではないでしょう、シャノン」

アガットはゆっくりと言った。

新入りメイドに対して、熟練の家政頭《かせいがしら》がさとす口調になっていた。

「わたしたちはウエイリー家に帰ります。お葬式の準備もありますし。警察を呼ぶかどうかは、この家の主人、ディヴィッドさまがお決めになることでしょう」

「――もういい、アガット」

そのときロイが、口をはさんだ。

ロイはわたしとアガットのうしろにいて、じっとノエラを見つめていたのである。

「いいからすぐに、思いつくすべてのことをしろ、シャノン。それまでは誰も家を出ないように。ぼくが責任を持つ。主人が誰だろうが、人がひとり亡くなってるんだ。ケンカするような状況じゃない」

アガットに有無を言わさず、ロイは命じた。

その声には思いがけず、ロイらしくもないような真面目《まじめ》な弔意《ちょうい》が含まれている。

ロイはポケットのあちこちを探り、やっと出てきたくしゃくしゃのハンカチを、そっとノエラの顔にかけた。

わたしはうなずいてドレスをひるがえし、部屋を出た。

案《あん》の定《じょう》、階下は大騒ぎになった。

わたしはまずフランクに事態を告げ、それからデイジーとルースに告げた。

当然ながらパーティは中止になる。

メイドたちはノエラを悼《いた》むのと同時に、そのほかの仕事に忙殺されることになった。

この家には電話がなかった。わたしは電話局まで行って警察に電話をかけ、ついでに思いつくことをいくつか片付けたあと、パーティ会場に入っていった。

暖炉脇のクリスマスツリーと、さっき苦労して並べた料理用のテーブルの横で、デイジーとルースが額をつきあわせている。

ほかには誰もいなかった。ノーラとアンナは厨房《ちゅうぼう》にいるらしい。大量の料理を作り終わったとたんパーティが中止になって、さぞ落胆《らくたん》していることだろう。

「お客さまたちに中止のお知らせをしなくちゃ。大事な人には直接知らせに行って、そうじゃないところには電報をうてばいいかしら」

おろおろとデイジーが言った。

昼まではきっちりとまとめられていた黒髪がほつれて、帽子から飛び出している。

不測の事態に慣れていないらしく、見るからに慌てふためいているようだ。

「不幸がありまして、って書いたら、まるで婚約破棄《はき》するみたいだし。そもそも、ノエラさまは、カルヴァート家と直接の関係はないわけだし、なにをさておいても、スキャンダルになるのはまずいわ。やっぱり、ミセス・ワットに聞いてみたほうがいいかしら」

「今からミセス・ワットの裁定を仰《あお》いでたら、パーティが始まっちゃうわよ」

ルースは招待者名簿をにらみながら言った。

手にはペンを持ち、表にしるしをつけている。

おくれ毛が顔のまわりをふわふわしているのはもとからだが、こういうときにはあまりしゃべらないらしい。デイジーよりも落ち着いている。

「いっそ、警察なんて呼ばなければいいんじゃないかしら。薬を飲んだっていうのなら、病気だっていうことだってできるもの。こっそりお医者さんを呼んで、診断書だけ書いてもらって、ウエイリー家に遺体を引き取ってもらえば。招待者名簿は昨夜《ゆうべ》完成して、掃除《そうじ》も料理もやっと終わったばかりなのに、これから何かしろなんてあんまりよ」

「こっちにだって責任はあるのよ、デイジー」

「——お話し中ですが。ひょっとしたら、ノエラさまのお葬式の手配もこちらでなんとかすることになるかもしれません」

わたしは言った。

ルースは顔をあげた。

「あ……そうか、あなた、ウエイリー家に連絡したんだっけ。どうだった？」

「ルース、そんな大事なことをこの子に任せたの。シャノンは今日入ったばかりよ」

「でも適任だわ。——シャノン、ウエイリー夫妻はなんて？」

わたしはルースを見て、ゆっくりと言った。

「いま、メイベルさまのおとうさまとおかあさまは、ご旅行中です。クリスマスだけでなく、長期の滞在だそうです。メイベルさまのお世話はこちらでしますと言っておきました。ノエラさまのご親族については調べてもらっていますが、なにしろみなさんがご旅行中なので」

「わかったわ。——いま、お部屋はどうなっているの？」

「ノエラさまのお部屋は、ロイさまが閉めました。警察の方は少し遅れるそうですが、それまで誰も入らないほうがいいと思います」

「メイベルさまは？」

「ご自分のお部屋にいます」

「メイベルさまもおかわいそうよね。いくらケンカしていても、親友だったんだものねえ」

ルースは少し涙ぐむようにしてつぶやいた。

「あなたは落ち着いてるわね、シャノン。エリザベスとはえらい違いだわ」

デイジーが驚いたように言う。

「仕事ですから」

わたしは答えた。

こういうことははじめてではないので——と言っても、わかってもらえないのに違いない。

わたしは昔から、非日常的なことに遭遇《そうぐう》しやすいたちなのである。

きっと父に似たのだと思う。いつも父が嘆《なげ》いているとおり、使用人としてはやっかいな性質《たち》である。

わたしの言葉をきいて、デイジーが耐え切れなくなったように立ち上がった。

「それにしても、なんでこの家で自殺したりしたのかしら！　あたし、昨夜、ノエラさまに何かおかしなことがあったのかどうか思い起こしているんだけど、ちっとも思い当たらないわ。機嫌もよかったし。あたしたちがもっと気にかけていれば違っていたのかしら」

「——自殺？　自殺って、どなたがおっしゃったのですか」

わたしは思わず尋ねた。

デイジーとルースがわたしを見る。

「アガットよ。さっき降りてきて、そう言ったわ。遺書があったんですって。理由はメイベルさまとのケンカですって」

「アガットがそう言ったんですね」

ルースはうなずいた。

「アガットこそ、すごく落ち着いていたわ。ノエラさまが、メイベルさまが先に結婚されることに悩んでいたのは知っていたけど、これほどだったとは思っていなかった、って。メイベルさまはショックを受けているから、早く帰らせてやりたいそうよ。遺書があって、部屋が内側から閉まっているのだから、自殺なのはわかりきっているって」

鍵は、内側から閉まっている。

それは事実である。

わたしも、しっかりと確かめた。ノエラの部屋の扉、部屋と続いている次の間の扉、次の間と廊下《ろうか》の間の扉、すべての窓の鍵は閉まっていた。鍵はノエラのベッドのそばにあった。

そもそも閉まっていなければ、もっと早くエリザベスかわたし、さもなければロイが、ノエラの部屋に入っていたはずだ。

そもそもこの家では、鍵の管理が甘い、という事実を除けば。

――しかし、まさか……。

いくらなんでも。

「エリザベスはどちらにおりますか、ルース」

わたしは尋ねた。

「エリザベスは玄関脇の部屋にいるわ。贈りものの整理をしてもらってるけど、使い物にならないのよ。落ち込んじゃって」

「そうですか。でしたら、わたしがお手伝いしますわ」

わたしは言った。

「よろしくね、シャノン。――あ、ちょっと待って。何か頼むことがあったような気がするわ。えーと……」

「馬車でしたら、さっき呼びましたわ。もうすぐつくと思います。伝言を頼みたいので、信頼のおける御者を、と頼んでおきました」

「あ、そうそう。それと……」

「花のお届けは中止してもらいました。いまあるお花も、不要になった分はひきとっていただけるそうです。あまり花が多いのも不謹慎《ふきんしん》ですから」

「そうじゃなくて……」

「お医者さま、警察の方、お手伝いの皆様のための軽食は、ディナーの料理が不要になるので、そのまま使えばいいかと思います。人数がわかりましたらアンナに伝えます」

ルースはまじまじとわたしを見つめ、言った。

「ありがと、シャノン。あなた、やっぱり気がきくわね」

「どういたしまして、ルース」

「でも、ちょっとかわいくないわ」

そしてルースはわたしに手をのばし、頬をつまんで、思い切り横に引っ張った。

頬をびろーんと引っ張られながら、わたしはきょとんとする。

痛くはない。どうやら、これは褒章《ほうしょう》のひとつらしい。

こんなのは、父からまったく教わらなかった。


「エリザベス、入っていいかしら」

わたしが部屋の扉を叩くと、小さく、どうぞ、という声が聞こえた。

玄関のすぐ横にあって、倉庫代わりにしていた小部屋である。

火の気がないので部屋はうす暗く、ひんやりしていた。

壁ぎわにこれから飾るはずの花と、たくさんの贈りものの箱が散らばっている。

「ルースに、わたしを呼んでこいって頼まれたの？　いっぱいやることがあるものね。手伝えなくて申し訳ないと思ってるわ」

ぐずぐずと鼻をすすりながら、エリザベスが言った。

エリザベスは部屋のすみの椅子《いす》に腰かけて、山のような贈りものの箱を開けている。

近くには包装紙とリボンがていねいに解かれて、積み重ねられていた。

わたしは首を振った。

「いいえ。ルースはそんなこと言わなかったわ。何をやってるの？　エリザベス」

「前もっていただいた贈りものの中をあらためてるのよ。中が食べ物だったりすると、腐ってしまうから。贈り主のリストをつくろうと思うんだけど、頭がごちゃごちゃしてしまって、なかなかすすまないわ」

「無理しないでいいわよ。わたしも手伝うわ」

「何もやらないでいると、かえっていろいろ考えてしまって」

エリザベスは思った以上に落ち込んでいた。ノエラの担当だったので、ショックを隠せないようである。

わたしは窓際の椅子《いす》に座って、積み上げてある贈りものから、カードを抜き出しはじめた。

「――ノエラさまが亡くなったのって、そんなにショックだった？」

わたしは紙に贈り主の名前を書き出しながら、そろそろと尋ねた。

エリザベスはリボンをほどきながら、こくりとうなずく。

「辛いわ。ノエラさまはとてもいい人だったのよ。昨夜会ったときは幸せそうだったし、夕食のたくさん食べたわ。次の間にはパーティのドレスがたくさんあって、見せてくれたわ。パーティを楽しみにしていたのよ。自殺なんてするわけないわ」

「ノエラさまは幸せそうだったの？」

わたしは尋ねた。

アガットが言うには、昨夜、ノエラはメイベルとケンカをしていたそうだが。

エリザベスはうなずいた。

「もちろんよ。いろいろ話してくれたわ」

「ノエラさまとメイベルさまは、昨日の夕方にこのお屋敷に来たのよね」

「ええ。ウエイリー家のご両親が旅行に出かけるので、メイベルさまとノエラさまだけ、こちらで過ごされることになったのよ。急に決まったので準備ができてなくて、みんなが大変だったのは、見ていてわかっているわね。昨夜は、メイベルさまはディヴィッドさまとご一緒に過ごされていたから、ノエラさまはおひとりだったわ」

「昨夜、アガットは何してた？」

「アガットは……よく覚えてないわ。たぶん、メイベルさまと一緒だったんじゃないかしら。メイベルさまと、ディヴィッドさまと明日のパーティについて打ち合わせをしていたのよ。やっと招待者名簿ができたからって」

「昨夜、ノエラさまは頭痛がして、部屋に閉じこもっていたのよね？　アガットは、拗《す》ねてるんだろうって言ってたけど」

「そういうことにして、わたしと話してたのよ。アガットとメイベルさまには内緒で」

少しだけ声をひそめて、エリザベスは言った。

ただの担当にしては、エリザベスはずいぶんノエラと仲がよかったようである。

「ノエラさまは、メイベルさまとケンカしてたんじゃなかったの？」

わたしは尋ねた。

「ケンカなんかする理由がないわ」

エリザベスはふっと顔をあげ、そこだけは、きっぱりと言った。

「ええと——一般論なんだけど、片方の友人の結婚が決まったら、もう片方はいい気持ちがしないんじゃないかしら。ノエラさまは、ディヴィッドさまとメイベルさまが仲がいいのを見て、よく思ってなかったとか」

これも、アガットが言ったことである。

エリザベスは口をあけ、泣き笑いのような顔になった。

「ノエラさまはそういう人じゃないわ。優しい人で、メイベルさまのご結婚だって心からお祝いしていたわ。むしろメイベルさまのほうが、ディヴィッドさまにも冷たかったし、不機嫌だったくらい。婚約されたのに、あまり好きじゃないんじゃないかしら、って、冗談交じりにノエラさまがおっしゃってたのよ」

「メイベルさまは、ディヴィッドさまのことがあまり好きじゃない？」

それははじめて聞いた。

「そう、ノエラさまが口にしていたってだけよ。そういうことは、わたしには立ち入ることはできないもの。カルヴァート家にもウエイリー家にも、いろんな事情があるんでしょう。ノエラさまは、あまり興味もなかったみたいだけど」

「――ねえ、エリザベス」

わたしが書くべきリストの名前は、もうあらかた片付いていた。あとはエリザベスがこれから開ける分だけである。

エリザベスは贈りものを開けて、中身の種類を分けている。

クッキー、花、玩具《おもちゃ》、衣類、と、きっちり積み重ねている手際《てぎわ》は悪くない。おっとりしているようにみえて、きちんとした家で経験を積んだメイドなのは、見ていてわかった。

「なあに？」

「誰にも言わないから、教えてくれる？　――あなたは、ノエラさまと初対面じゃないのでしょう？　昔、ノエラさまにお仕えしていたことがあるんじゃなくて」

わたしは思い切って、尋ねた。

エリザベスは、ぴたりと手を止めた。


「――どうしてわかったの？」

エリザベスは、ぽつりとつぶやいた。

どこかあきらめたような声だったが、投げやりではない。

むしろ、やっとうちあけることができて、ほっとしているようにも思えた。

「きいていればわかるわ。ご令嬢が初対面の、それも客人として訪れた家のメイドに、いろいろ話すことなんてそうはないもの。あなたもノエラさまには、ほかの方にはない親しみを感じているようだし」

「わたしが、前の前にお勤めしていたのが、ブレイク家だったのよ。ノエラさまの家よ。三年くらい前かしら」

ノエラ・ブレイク。わたしは、ノエラのフルネームをあらためて、口の中で転がす。

覚えはなかった。いわゆる紳士録に名前が載るような家ではない。

「ノエラさまは身寄りがないって聞いたけれど」

「二年前に、ご両親が事故に遭《あ》ったのよ。とてもいい人たちだったのに。それで、ノエラさまはウエイリー家に引き取られることになったの。ノエラさまはそのときまだ、たった十七歳だったから。ええと――確か、おかあさまの従姉妹《いとこ》か誰かが、ウエイリー家の一族に嫁《とつ》がれているんじゃなかったかしら。メイベルさまがお年頃になられるので、付き添い人として、ちょっと年上の、礼儀《れいぎ》がちゃんとした女性を必要としていたのよ」

「ブレイク家は、礼儀がちゃんとした家だった、ってことね」

「ええ」

エリザベスは昔を思い出すかのように、目を細めた。

「思い出すわ。旦那《だんな》さまのお得意のヴィオラ。奥さまご自慢のサファイアの首飾り。ご家族の仲がよくて、週末には奥さまが首飾りをつけて、ご家族でダンスをなさったものよ。そのときには、わたしも呼ばれて、一緒に食事をとることもあったわ。いつか結婚するときには、あの首飾りをつけるんだって、ノエラさまはずっとおっしゃっていたわ」

わたしの頭に、古きよきこの国の名門家庭の像が浮かぶ。

つつましいけれど、知的で美しい暮らし。

たとえば家族だけのパーティのときに夫が楽器を弾き、妻が、先祖代々に伝わった宝石を大切に身につけるような。

この国のメイドとして、大貴族の使用人の一員となって大邸宅や城を切り回すのが一方の理想とすれば、もう一方の理想の家庭でもある。

「わたしが勤めていたのは一年ちょっとだったけど、はじめてのお勤めだったし、ノエラさまと歳《とし》が近かったので、とてもよくしてもらったわ。ノエラさまがウエイリー家に行くと決まったとき、わたしも一緒にいきたかったのだけど、わたしは能力が足りないというので、雇ってもらえなかったのよ」

「それから、ほかの家にお勤めしたの？」

エリザベスは、うなずいた。

「旦那さまのご友人の家で働いていたわ。そこも悪くなかったんだけど、今回、カルヴァート家のご長男と、ウエイリー家のメイベルさまがご婚約されて、メイドを募集しているっていう話をきいたの。だから、もしかしたら、ノエラさまとお会いできるかもしれないって思って、申し込んだのよ。昨夜、久しぶりに会ったんだけど、ノエラさまはとても喜んでくれて、嬉しかったわ。――このことは、誰にも言わないでね」

「言ってもいいと思うけど。みんな、納得してくれるわ。だからエリザベスは、あんなにノエラさまのことを気にかけていたのかって」

「アガットに知られたくないわ。ノエラさまにも秘密にしてって言われたの。いずれメイドが必要になったら、もう一度雇ってあげるから、それまでは知られたくないって」

「いずれメイドが必要になったら、もう一度雇ってあげる――そう、ノエラさまが言ったの？」

わたしは尋ねた。

エリザベスは、こくりとうなずいた。

「ええ。わたしは、必ず行きますって答えたんだけど――まさか、こんなことになるなんて」

「どういう意味なのかしら」

わたしはつぶやいた。

これからノエラがメイドを雇うことがあるわけがない。

ノエラはメイベルの温情で、ウエイリー家にいさせてもらっている立場である。

「あたしは——それは、きっと……」

　エリザベスは言いかけて黙った。

　わたしはエリザベスを見た。

「いいわ。思いついたことを言ってちょうだい、エリザベス」

「——あたしは、ノエラさまはもしかして、ご結婚なさるのかしら、って思ったわ。ノエラさまには、恋人がいたのよ」

　エリザベスは言った。

　わたしは驚いて、尋ねた。

「ノエラさまには、恋人がいたの？」

　なんとなく、考えていたことでもある。

　エリザベスは、うなずいた。

「具体的には何も話さなかったけど、そういうのってぴんと来るでしょう？　メイベルさまがご結婚したら、わたしはウエイリー家から離れる、そうしたら、エリザベスを雇ってあげるって。それってきっと、ノエラさまが誰かと結婚するってことだと思ったわ。そう言ったとき、ノエラさまはとてもお幸せそうだったのよ。まるで、これから恋人と会うみたいに。パーティが終わったらすべてが片付くから、もっといっぱいお話しましょうねって、笑ってたわ」

「パーティが終わったら、すべてが片付く……」

「それが昨夜のことよ。朝は召し上がらないから、コーヒーをお持ちしたわ。ちょっと頭痛がするから、薬を飲むけど、パーティまでには治るから心配するようなことはない、っておっしゃっていたわ。ノエラさまが頭が痛いのはいつものことだから、何の心配もしていなかったんだけど、お昼をお持ちしたあとはお返事がまるでないし。まさか、そのときに亡くなっていたなんて……」

エリザベスの瞳に涙があふれる。

「ノエラさまに何があったのかしら。もっと話したいような感じだったけど、わたしも忙しかったし、見つかりたくなかったから途中で打ち切ってしまったのよ。もっと聞いておけばよかったわ」

「自分を責めないで、エリザベス。このことは、ほかの誰かは知ってるの？」

「誰にも言ってないわ。本当はメイベルさまに、ノエラさまの恋人のことだけでもお尋ねしたいんだけど。ノエラさまの恋人にお知らせしなきゃならないでしょう。メイベルさまなら、わたしよりもよく知っているだろうし……」

エリザベスは下を向き、涙をぬぐいながら、声をつまらせた。

わたしはポケットからハンカチを取り出したが、それが、ノエラの部屋に入ったときに手にまきつけたものだということに気づき、ポケットにしまいなおした。

贈りもののなかに、白いレースのハンカチがあるのに気づいて、それをとる。

誰かからもらったものなのには違いないが、このさいかまわないだろう。ハンカチは女性の涙を拭《ふ》くためにある。

エリザベスはわたしが渡したハンカチを素直に受け取って、濡れた目に押し当てた。

「ノエラさまは、お手紙を書かれる方だった？」

わたしは最後に、大事なことを確かめた。

エリザベスは、不思議そうにわたしをみる。

「手紙？」

「ちょっと、気にかかることがあるのよ。ノエラさまは普段から、青いインクを使っていた？」

エリザベスに、あの遺書を見せることができればいいのに！

筆跡が確かなら、少なくとも、あれがノエラのものなのかどうかわかる。

「ええ……ノエラさまは、筆まめだったわ。わたしももらったことがあるわ。インクは青だった」

だったら、あれは本物だということだ。

仲のいいメイドにすら手紙を書く人間なら、筆跡の癖《くせ》はあらゆるところに残っている。遺書を偽造するのは難しい。

「わたし、いまでも信じられないわ。ノエラさまが自分から死ぬなんて。これから幸せになるところだったのに」

エリザベスはハンカチを握りしめて、つぶやいた。

わたしは黙った。

外に、エンジンの音が聞こえてくる。

旧式の馬車ではなくて、最近の流行のガソリン車だ。パーティに来る予定だった客だろうか。

ロンドン警察ではない、というのがわかって、わたしは少しがっかりする。

事件の真相はともかく、早く検分を終わらせて、ノエラの体を返してやりたい。

「その感覚は正しいわ。ノエラさまは自殺したんじゃないと思うわよ」

低い声でわたしは言った。

「――それって、どういうこと？」

ハンカチから目を放して、エリザベスは尋ねた。

優秀な使用人は、思ったことをすぐに口に出さない。見たことを見なかったことにするのと同様、何もかもわかっていても、馬鹿なふりをしなければならない場合がある。

それは、エリザベスも承知しているはずである。

わたしはエリザベスと見つめあい、音を出さずに言葉を出す。

――ノエラさまは、殺されたのよ。

アガットに。

エリザベスの茶色い瞳が見開かれる。

エリザベスは手を伸ばし、わたしの腕をぎゅっとつかんだ。

「シャノン！　シャノン！」

そのとき階上から、ロイの呼ぶ声が聞こえてきた。


「手伝ってくれ、シャノン！」

わたしが階段をあがっていくと、ロイはまわりを気にしながら、ノエラの部屋の鍵《かぎ》をかけているところだった。

ロイは両手に山積みの本を抱え、廊下《ろうか》を歩いていく。

フロックコートを脱ぎ、白いシャツにベスト、クラヴァットだけの姿だ。

シャツの袖《そで》はまくりあげられている。手袋をつけていないので、たくましい肘《ひじ》と、インクに汚れた大きな手が見えていた。

廊下には本が、ふたつの山となって置かれている。

「――なにしてるんですか、ロイさま」

「どうやらさっき、兄貴が来たみたいでさ。アガットが階段を降りていった。面倒なことになる前に中に入って、これだけ持ち出した」

ロイは本を開け放した自分の部屋の中に運びいれると、さらに一山に手をかけた。

ぐらりと山が崩れ、わたしはあわてて落ちた本を拾う。

「ノエラさまの部屋に入ったんですか？　ロンドン警察が来るまで、現場をそのまま保存しておいたほうがいいと思いますけど」

「そんなこと言ってたら、いつまでたっても持ち出せないだろ」

「何か手がかりになるものがあったらどうするんですか」

「この本に関係あるわけないだろ。さっさと手伝え。運んでくれよ、シャノン」

「どうしてわたしに？」

「ここのメイドで、名前を知ってるのがきみだけなんだよ」

ロイはあっさりと答えると、自分の部屋の扉を足で開けて、中に入っていった。

わたしはため息をひとつつくと、残った本の山を持ち上げ、ロイのうしろに続いた。

ロイの部屋は、廊下を挟んでノエラの部屋の向かいにある。

ロイはわたしが部屋に入ると、ばたんと扉を閉めた。

「続き部屋なんだ。こっちの居間を仕事場で、向こうを寝室にしてある。この部屋だけはフランクは兄貴の手を入れさせなかったらしいな」

部屋の中は散らかっていた。

床に直接、大きなトランクがだらしなく開けっ放しで置いてあり、中から紙の束がはみ出している。長椅子《ながいす》には脱いだフロックコート。机の上にある新式のタイプライターからは、書きかけの紙が半端《はんぱ》にはみ出している。

窓際には書斎机もあるのに、こちらは使っていないらしい。

壁紙はクリーム色。窓のカーテンは、ここは、黒の地に赤と緑の苺《いちご》の模様だ。少しだけ開けられた窓から、冷たい風が入って来る。

寝室との続きの扉は大きく開け放たれていた。乱れたベッドの上に放り投げるように衣類が置かれ、こまごましたものが散乱している。

それにしても、今日到着したというのに、ベッドが乱れる理由がわからない。昼寝でもしていたのだろうか。

「仕事をなさっていたんですか?」

使いかけのタイプライターを眺めながら、わたしは言った。

タイプライターの横には、大きなチョコレートの箱があった。すでに半分近くなくなっている。有名な店のものだが、皿にも出さず、直接つまんでいるのだろうと思われた。

「仕事というか、あんなことがあったからには、いちおう書き留めておかないと。癖みたいなもんだな」

ロイはどさどさと床の上に本を積み重ねながら答えた。

「寝室でお書きになっていたということですか」

「寝室に限らずさ。ぼくは書斎机に座って、額に皺《しわ》をよせてペンを走らせるようなタイプじゃないんだ。あちこちをうろうろして、文章が思い浮かぶのを待つんだよ。――なんだよ、ぼくの執筆スタイルに文句があるのか」

「いえ、驚いただけです。本はこれだけですね」

「そこらに適当に置いてくれ。どうせ書棚はいっぱいだから」

わたしは本を書斎机の上に置いた。

部屋を出ようとして、床の上に紙が一枚、ひらひらと舞っているのに気がつく。

タイプライターの横にあったものが、風で飛んだらしい。

わたしはその紙を拾い上げ、机の上に戻そうとして、止まった。

サファイアの首飾り――という文字が、目に入ったのである。

どこかで聞いた言葉である。

それも、ついさっき。それから、少し前に。

――ふと、頭の一部で何かが点滅した。

「――ノエラさまのことをお書きになっているんですか」

わたしは尋ねた。

ロイは面倒くさそうにふりかえる。

「え？」

「この原稿に、首飾り、と書かれているようでしたから。確か、ノエラさまもサファイアの首飾りをお持ちになっているというような話を耳にはさみましたので」

「――ぼくの原稿を勝手に読むなよ」

ロイはむっとした。

大またでわたしに近寄り、紙をもぎとる。薄い紙が、ロイの大きな手のなかでくしゃくしゃになった。

「ロイさま――」

わたしは、ロイの手、それから、テーブルの上においてあるタイプライターを見つめた。

まさか、考えたことはなかった。――犯人は、アガットだと思っていた。

ノエラが自殺である、という証拠は、ふたつある。

内側から鍵のかかった部屋。そして、遺書。

このうち遺書のほうは、本物であるかどうかはすぐに明らかになると思う。彼女に近しい人間ならば、それほど難しい細工ではない。

鍵のかかった部屋のほうは、もっと簡単である。――簡単すぎて、あからさますぎて、本当にこんな手段を使うのだろうか、と思うほどに。

つまりこれは全体として、とても簡単な話なのだ。

「なんだ、シャノン。用事があるならさっさと言えよ。ぼくの本の感想でもいいぞ。面白いものは面白いと正直に言ったほうが楽になる」

ロイは原稿を見られてちょっと恥ずかしかったらしい。不自然に偉そうな口調になった。

「そのまえに、確かめたいことがありますわ、ロイさま。さしでがましいことですけれど。ロイさまは、ノエラさまのことをご存知だったんですか？」

ロイは眉をひそめた。

思いもかけない質問だったらしい。

「いや。知らないけど」

「会ったことはありませんでした？」

「ないね。なんでそんなことを聞くんだ？」

「ノエラさまのご実家には、サファイアの首飾りがあったからですわ。ノエラさまは、結婚するときに身につけると言っていたそうです。ノエラさまには恋人がいらっしゃったそうですけど、それは、ロイさまではないでしょうね？」

わたしにしては直球を投げたものだ。

だがこのときわたしは、事実を確かめておかなくてはならなかったのである。

ロイは鍵を簡単に手にいれられる立場にある。恋人なら、遺書だって細工できる。

もしロイがノエラの恋人で——万が一、本当に万が一だが、何かの感情のもつれでノエラを殺した犯人なら、わたしのやるべきことは、これまでとまったく反対になる。

犯人をさがすのでなく、かばって、隠す方向に――。

「――何をいってるんだ、きみは」

ロイは一瞬ぽかんとしてから、口を開いた。

怒ったというより、よくわからなかったようだ。

「ぼくはノエラ嬢とは今日が初対面だよ。……あれを初対面というならだけど。首飾りの件は、別件で知ってたんだ」

「別件？」

わたしが尋ねると、ロイは少し言いにくそうに、鼻をこすった。

「つまり――兄貴が、ウエイリー家には珍しいサファイアがあるって言い出して、それがきっかけでメイベル嬢と知り合ったもんだからさ。知ってのとおり、うちの会社はあちこちの家の宝飾品なんかを扱ってるから、この事件をまとめるとっかかりにしてみただけだよ。読んでみてもいい、この事件のそもそもの発端は、比類なき青の美、サファイアの首飾りであった――書き出しとしちゃ平凡だけどね」

ロイはわたしに原稿を渡した。さっきは読まれたといって怒ったくせに。

ロイの怒りのポイントはどうもよくわからないが、わたしはそれどころではなかった。

「ロイさま、今日の午前中はどこにいらっしゃいました？」

「けさの最初の便でサウサンプトンに到着、そこから列車に乗ってチェルシーについて、まっすぐこの家に来たよ。切符はどこかを探せばある。荷物をたくさん持ってて、チップをはずんだから赤帽だって覚えてるはずだ」

ロイはすらすらと言った。

嘘はなさそうである。わたしはほっとして、力を抜いた。

人を疑うのはいやなものだ。それが、顔だけはいい、わがままな作家だったりしたらなおさらだ。一瞬だけだが、背中に妙な汗が流れている。


「なんだよ、ぼくを疑ってたのか。——ひどいな」

ロイはどういうわけか、少し機嫌を直していた。

わたしは冷静さを取り戻し、忠実なメイドらしく、ロイを見上げる。

「すみません。ノエラさまに恋人がいたってきいたものですから。もしかして、ロイさまがその恋人なら、犯人である可能性があると思ったんです」

「いいけどさ。——ん」

ロイはつぶやいてから考え込み、腕を組んだ。

「——つまりきみは、これは自殺ではない、と思っているということか。ノエラは殺されたのか、その、恋人とやらに」

「いえ。ロイさまでないなら、犯人は恋人ではないでしょう」

わたしは言った。

そもそも、犯人がノエラの恋人なら、わざわざあんなふうに細工をしなくても、もっとうまく殺せそうなものである。

この屋敷の使用人ということもない。今日はどこもかしこも開けっ放しで、全員が、誰かに見られながら立ち働いていた。こっそり階上にあがるなんてできなかったと思う。

それにしても、ノエラはどうして今日、パーティをひかえたこの日、この場所で死ななければならなかったのか。

「じゃあなんで殺人だと?」

「小さなことです。遺書が遺書らしくなかったことや、それから、毛布の皺《しわ》やなんかで」

わたしは言った。

ノエラの死んだ姿は、きれいだった。

毛布は、ノエラの肩にまっすぐにかけられて、絵に描いたように少し乱れていた。

まるで、あとからきちんと毛布をかけなおしたみたいに。

いや――あれは、あとからかけなおしたのだ。

ぐったりしたノエラをベッドにいれて、その上から毛布の四つのすみを合わせて、平行にして。

それをつい癖でやってしまってから、これは自殺なのだから、少しは乱しておかなければならない、と思いなおして、わざわざ乱したのだ。

しかし、毛布の皺というのは、中に人がいてできるものと、上からつけられたものでは違う。まして薬を飲んで悶絶《もんぜつ》しているとなれば、もっとぐちゃぐちゃになりそうなものだ。

きっと犯人は、毛布がぐちゃぐちゃである状態を、許せなかったのだろう。――死体を発見したときにすら、思わず直してしまったくらいに。

「ふーん……。きみは探偵小説が好きなんだね。そうなんだろう」

「すべての事件が探偵小説のようにうまくいくなら、どんなにいいだろうと思っています」

「それはぼくも同じさ。探偵小説を読むと、詰めが甘いなあ、っていつも思うんだ」

ロイの瞳はいきいきとしていた。

殺人ときいて怯《おび》えたり、嘆《なげ》いたりもしていない。作家だけあって、感覚が人と違うのかもしれない。

人としてはどうかと思うが、わたしにとっては手間がはぶける。

それにしても、ロイ・カルヴァートが探偵小説を読むとは意外だった。

ロイは自信たっぷりに顎《あご》に手をあてた。

微風にさらりとなびく金髪、澄んで賢そうな青灰の目。格好だけならまるで名探偵である。

「それにしても、きみのいう通りなら――つまり、これがもしも探偵小説なら、犯人はあの部屋に何かの細工をしたことになるな。だって、状況はどう考えても自殺なんだからね。遺書もあったし、部屋には鍵《かぎ》が」

ロイはすらすらと言ってから、はっと何かに気づき、顔をあげた。

「つ、つまり……。あれが自殺を装った殺人事件だとしたら、みっ、みみっ、密室、ってことになる」

「なに興奮してるんですか、ロイさま」

わたしは呆《あき》れた。気持ちはわかるが。

ロイの自信は好奇心に負けている。

わたしは鍵が話に出たついでに、気になっていたことを片付けてしまうことにする。

「気にかかるのは鍵のことです。ロイさまがノエラさまの鍵をとってきたのは、わたしと会ってからに間違いないですね」

わたしは尋ねた。

「ああ、言っただろ。フランクにちょっと席をはずせって命令して」

「そのとき、鍵入れにノエラさまの部屋のマスターキーはなかったんですよね。つまり、マスターキーはノエラさまの部屋、スペアキーはフランクが持っていて、それを借りた」

「そういうことになるな。スペアはまだぼくが持ってるよ。必要な本は全部持ち出したから、もう返してもいい。ぼくは普段は部屋に鍵なんてかけないんだ」

フランクは胸のポケットに手をつっこみ、金色の鍵を取り出した。指先でつまんで、わたしの目の前にぶら下げる。

わたしはそれに触れずに、じっと眺めた。

ノエラの部屋のベッドサイドにあったものと同じである。ただ、ノエラの部屋にあったマスターキーのほうが少し使い込まれていて、茶色がかっていた。

「次の間の鍵は、鍵入れにかかっていましたか？」

わたしは尋ねた。

「次の間？」

「ノエラさまの部屋の、となりの部屋です。あの部屋は続き部屋なんです。となりの部屋と扉をへだてて、中でつながってる——つまり、次の間の鍵を持っていれば、ノエラさまの部屋の鍵を持っているのと同じことになります」

ロイは腕を組み、考えた。

「——よく覚えてないな。そもそもぼくは、自分の部屋以外の鍵なんて見ないし」

「そうですか」

わたしはつぶやいた。

どっちみち、フランクに訊けばわかることである。どこの部屋の鍵を、誰に渡したか、などということは。

……しかし、そんな簡単でいいのだろうか。

ノエラのドレスだって、寝間着じゃなかった。まるで、その場で思いついてばたばたと準備したみたいだ。もっと周到に、完璧《かんぺき》にやることもできただろうに。

それとも、あの皺はわたしの見間違いで、ノエラは本当に自殺だったんだろうか。

わたしはじっとその場に立ちつくして考え込み、ばたん、という音に、我にかえった。

はっとして顔をあげる。

ロイはいつのまにかわたしの前からいなくなり、少しだけ開いていた窓を閉めているところだった。

「――すみません、ロイさま。ぼうっとしてしまって」

「考えごとをするときなんてそんなもんだ。ほかに何か思いつくことは？」

「ええと……首飾りのことですが。どこにあるんですか」

「メイベルが持ってるんじゃないかな。今日のパーティにつけるだろうから」

「それは、本当にウエイリー家のものですか？」

わたしは尋ねた。

サファイアの首飾り。

エリザベスによれば、ノエラの母親もサファイアの首飾りを持っていたはずである。

「――なんで、そんなことを聞くんだ？」

ロイは、言葉をにごした。

うがった見方をすれば、ぎくりとしたようにも思える。

気まずそうにポケットに手をつっこみ、天井を眺める。それから、思い切ったようにわたしに向き直った。

「――きみはちょっと珍しいメイドだな。何を知っている?」

「何も。わたしが知っているのは、この屋敷に来てから見たことと聞いたことだけですわ」

「そうか。……ふーん」

ロイは、わたしをしげしげと見た。

「いまは、仕事のほうはいいの? シャノン。ちょっと時間をとれるかな」

いま、たまたま思いついたかのように、さらりと言う。

ロイは、はじめてわたしに興味を示した。

わたしは気持ちを落ち着かせ、まっすぐにロイと向かい合う。

この部屋に入るまえに、まつ毛をカールさせるのを忘れたのを、少し悔《く》やんだ。

「はい。やるべきことはすませてあります。パーティ会場の片付けが始まったら行かなくてはなりませんが、当分は大丈夫だと思います」

わたしは答えた。ルースはやるべきことをやっていれば、それほど厳しくない。

「そうか。だったら、話す時間があるな。貴族の家にはたいてい、裏話というものがあってさ。

カルヴァート家には——ていうか、兄貴には、いろいろあるんだよ。ノエラとは直接の関係はないと思うけどね。きみはいろいろ知ってるようだし、ここはひとつ、お互いの知っていることを共有して、知恵を出し合おうじゃないか」

ロイがわたしの知らない事実を知っているのなら、教えてもらえるのは願ってもないことだ。

——が。

「目的はなんですか」

わたしは尋ねた。

ロイは眉《まゆ》をひそめた。

「目的？　仕事を頼まれて、いちいちそんなことを気にするのか、きみは」

「何もきかずに従う場合と、目的を知っておいたほうがいい場合と、二通りございます。わたしの仕事はこの屋敷の秩序を整えることです。もうすぐ警察が来るというのに、事件について勝手に動くのは好ましくない場合があります」

なにしろ、ことは殺人である——わたしの勘が正しければ。

ロイは好奇心が旺盛《おうせい》すぎる。首をつっこんだら、何か余計なことをしでかしそうだから——

とは、言わなかった。

こういうのは、半端《はんぱ》はいけない。警察に協力するなら解決者の一員となって、すべてのカードを共有しなければならないし、しないならまったく知らない——脇役でいなければならないのである。

わたしが信頼をおいていないのを悟ったらしい、ロイはみるみるうちに、不機嫌になった。

「いちいち面倒くさいな。きみはメイドだろう。ぼくは主人だ。下手に出てやってるんだから、黙って従えよ。さもなきゃ、無理に聞き出すことになるんだぞ」

わたしはうんざりした。

おまえは使用人なんだから、黙って従っていればいいんだ——。

使用人を使い慣れていない家では、たまにこういう主人がいるらしいが、ロイからこの言葉を聞くとは思わなかった。

これは命令だ、と言えば、使用人は逆らえない。

だが、そこに忠誠心はない。

使用人を単なる労働力とみなし、力で従わせようとする主人は、みずから金の塊《かたまり》を投げ捨てているようなものだ。偽りの忠誠に意味はないどころか、かえって害になるということを知らないのだね——と、父は、哀れむように言っていた。

「——かしこまりました。では、わたしは、ロイさまのために、わたしの知っていることを提供いたします。そうお命じになるということですね」

わたしは一瞬のうちにロイをあきらめた。無表情になって、淡淡と言う。

「え……いや」

「ただし、考えていることは申しません。わたしは主人にものを申す立場ではございませんので。あくまでメイドとして命令に従わせていただきます」

「ちょっ、ちょっと待てよ、ええと――シャ」

「シャノンです」

「シャノン！　なんでそうなるんだ。ぼくはこの事件について、きみの意見を聞きたいって言っただけじゃないか」

「そうでしたか？」

わたしはロイに尋ねた。

ロイは、何か言いかけてやめる、という行為を何回かやり、それから、あきらめたように肩を落とした。

「悪かったよ、シャノン。ぼくが悪かった。きみを傷つけるつもりはなかった」

「わたしは傷ついてなどいませんわ」

「だからさ、そういうのやめてくれよ」

ロイは困り果てたように手をあげ、手のひらをわたしに見せた。降参の印である。

「ぼくは人を使うのに慣れてないんだよ。使うのも、使われるのも。昔から、縛《しば》られるのが嫌いでさ。だから、自分の家にもいつかなかったわけで」

「ではなぜわたしの意見を？」

「きみは賢いし、面白そうだからさ。ほかに理由はない。人の話をきいて、面白ければ、もっと聞いてみたいと思うもんだ。相手がメイドだろうが王様だろうが関係ない。それに、きみとぼくの知識をすりあわせたら、真実が明らかになるかもしれない。警察が来たときに、犯人はこいつです、って差し出すこともできる。そうしたらさすが作家ってことになるし、出版社に売り込むときのネタになる」

　わたしは呆《あき》れた。そんな理由は聞いたことがない。

「小説にするのですか？」

「ん――それはわからないけど。話の種にはなるな。実際、こんなことにはめったに遭遇《そうぐう》するもんじゃない」

　わたしはロイを見つめた。

　ロイは真摯《しんし》であり、わたしを年下のメイドとして見下そうとしているものではなかった。

　ロイは確かに、変な人間だ、とわたしは思った。

　いいかげんなくせに真面目《まじめ》なところも、横柄《おうへい》なくせに、すぐに反省して謝るところも。メイドと王様をならべて、面白いか面白くないかだけで判断しようとするところも。

　上流階級の御曹司《おんぞうし》の中には、労働者には頭脳というものがない、と本気で信じている人間もたくさんいるというのに。

ロイの創作に役立つことができるなら、わたしにとってこれ以上嬉しいことはない。

こんなことでほだされちゃいけない、とは思うのだけど。

「——わかりましたわ、ロイさま。ただ確証を得るまで、人には言わないでくださいね。ノエラさまや、ほかの方の名誉にかかわりますし。本来、わたしが関わるには出すぎたことなのです」

「わかってるさ。——えーと、じゃあ座れよ。誰かにお茶でも持ってこさせようか」

わたしが機嫌を直したのをみて、ロイは笑顔になった。

いそいそと散らかった長椅子の机の上を片付けはじめる。右のものを左に、左のものを右に置きなおすのを、片付けといえるのならだが。

「けっこうです。必要ならわたしが持ってきます」

ロイはチョコレートをひとつとって、口に放り込んだ。もぐもぐさせながら言う。

「あ、そうか。きみメイドだっけ」

何をいまさら言っているのだ。

わたしは長椅子《ながいす》にかかっている衣類をハンガーにかけなおし、書類を文箱《ふばこ》にまとめ、インクのふたをしめて、こまごましたものを書斎机の引き出しに入れる。

そしてなんとか、机の上に空いている場所はできた——というところで、廊下《ろうか》に気配がした。

男と女の気配である。

わたしは、手をとめた。

「ディヴィッドさまでしょうか。さきほど車の音がしたようです」

「ちょっと待ってて、シャノン」

ロイは口に残っていたチョコレートを飲み込むと、ぐいと口もとを拭《ふ》く。

急に厳しい顔になって、ロイは長椅子から立ち上がった。

そのまま部屋の扉を開ける。わたしも続いた。

扉の向こうにみえたのは、一組の男女——メイベルと、茶色い髪をして、銀ぶちの眼鏡《めがね》をかけた、たくましい男である。

ロイよりも十歳は上に見える。

「——なんで来るんだよ、兄貴。来るなって言ったのに」

ロイは扉を開け放すなり、うんざりした声を出した。

# 4　鋼鉄とサファイア

ディヴィッド・カルヴァート。

ロイの兄の名前は、ロイの名前以上に、聞いたことがあった。

学生時代は首席で、ポロやラグビーでも名前をはせてきたが、運動のほうは目が悪いので断念したという。

カルヴァート・カンパニーの次期社長でもある。現在のカルヴァート家は、彼の働きで保たれている。

ひきかえ、弟のロイ・カルヴァートは、勉強でもスポーツでもたいしたことない、学生時代に書いた小説が当たったのだけが唯一の自慢、というわけだが……わたしはひとつだけ、その記事に反論したい。

容姿についてだけは、完全にロイが勝っていると。

「――それはこっちの台詞《せりふ》だ。ロイ。なんでおまえがここにいるんだ。しかも、また問題を起こして。おまえがいるといつもこうなる」

ディヴィッドは不機嫌に答えた。

彼の前には、メイベルがいる。ディヴィッドは自然に、婚約者の腰を抱き寄せている。

まあ、自分の婚約者が自分の屋敷に来ていて、たまたま自分がいなくなったときにその友人が死んだのだから、再会したときにまず、婚約者を抱きしめるのは間違いではない。

ただし、メイベルがそれを望めば、の話だ。

メイベルはあまり楽しそうではなかった。いや——言ってよければ——ディヴィッドの手から逃げたがっているようにすら見えた。

メイベルのドレスは、少し子どもっぽい桜色の縞《しま》模様だ。ふわりとふくらんだ裾《すそ》から、白いブーツのつま先が出ている。

「ぼくは問題を起こしてないよ。ノエラ・ブレイク嬢はぼくの知り合いじゃないし、ぼくのパーティのために来たわけじゃない」

「だったらどうして、私をこの屋敷から引き離した。——今朝、父が呼んでいるとかなんとかいって、私をカルヴァート邸に呼び出したのはおまえだろう」

ディヴィッドは言った。

わたしは驚いて、ロイを見つめる。

ディヴィッドが急な仕事でいなくなり、そのあとで弟のロイがやってくる——確かに、タイミングとしてはぴったりすぎる。

ロイは肩をすくめた。

「兄貴がいない間に確かめておかなきゃならないことがあったもんでね」

ロイは不遜《ふそん》な目つきになって、兄貴に向かって肩をそびやかした。

「そもそも、ぼくに何の話もなく婚約とかふざけてる。おおかた兄は、伝統的な宝飾品とやらに魅了されたんだろうが、そういうものこそぼくに見せるべきなんじゃないのか。つまり、これからカルヴァート家のものになる、美しい首飾りとやらをさ」

「兄貴と呼ぶな、ロイ。――メイベル、部屋に戻っていなさい」

ディヴィッドはロイの言葉を切って捨てると、うってかわって優しい言葉を婚約者にかけた。

メイベルは動かなかった。びっくりしたように目を見開いて、ロイを見つめている。

それをいいことに、ロイはディヴィッドの前に一歩を踏み出した。

ディヴィッドのほうがたくましいが、ロイのほうが背が高い。

ディヴィッドはいかにもいやそうに、眼鏡《めがね》に手をあてて、ロイと対峙《たいじ》した。

「いいじゃないか、ディヴィッド。これから結婚するつもりなら、なにもかも知ってもらうことは大切だ。ひきかえ、ウエイリー家のことも教えてもらいたいものだけど。――ウエイリー家はいま、破産しかかってるんだぜ、兄さん。メイベルのご両親は、外国に旅行に行ってるんじゃなくて、逃げている。あの首飾りだって、伝統的なものかどうかは怪しい。それくらいは知っているんだろうね？」

「ロイ、部屋に戻れ。おまえはどうかしている。そんなだから、父さんに呆《あき》れられるんだ。メイベルも。いまは、それどころじゃないんだから」

ディヴィッドはメイベルの肩を抱き、廊下の向こうに押しやろうとしたが、メイベルは逆らった。ディヴィッドから離れただけで、部屋にはむかわずにこちらを見ている。

目をいっぱいに見開いて、兄弟の口喧嘩《くちげんか》を見守っているメイベルは、美しかった。

髪はきっちりと結わずに、ゆるくしばって巻き毛を肩に垂らしている。十六歳という年齢より、もっと幼く見える。

ふと、わたしはメイベルがかわいそうになった。

ディヴィッドはメイベルの倍ほどの年齢である。

それも、年齢よりも上に見られる風貌《ふうぼう》で、見かけは恋人というより、まるで親子だ。ロイのほうがよほどお似合いである。

伝統と財産の交換、と揶揄《やゆ》されてきた結婚である。

両家にとって益はあるし、ディヴィッドも悪い人間ではないのだろうが、こういうとき犠牲になるのは、だいたい女性のほうである。

「それどころじゃないのは知ってるよ。でも、どうせパーティは中止になるんだから、この際、はっきりさせておいてもいいんじゃないか。まずは、ぼくにその首飾りとやらを見せてもらって——偽物じゃないことを祈るよ、いつかのように、兄さん」

ロイが言うと、ディヴィッドは明らかにむっとした。

「おまえはメイベルを信用してないのか。ウエイリー家をどこの家だと思ってる。あの首飾りだって、普段は宝飾庫に入っていて、めったに外に出さないんだぞ」

「そうそう、ウエイリー家は三代前は伯爵で、宮廷舞踏会にも招待される身分だ。宝飾庫ね！」

ロイはポケットに手をつっこみ、あざけるように笑った。

「兄さんはそういうのが大好きだからな。本当はカルヴァート・カンパニーを恥じてるんだ。それこそが卑《いや》しい成金《なりきん》根性ってやつじゃないか。だからこそぼくは――」

「口を慎《つつし》め、ロイ！」

ディヴィッドは大きな声を出した。

「おまえの生活は誰が保障している。おまえがくだらない小説とやらを書いていられるのは、どこの家のおかげだ。おまえに、私と父に文句を言う資格はない」

「それを言うのか、兄さん」

「――かまいませんわ」

そのとき、おっとりと口がはさまれる。

メイベルだった。

メイベルはずっと、少しきょとんとして、激しい兄弟喧嘩を見つめていたのである。

ロイはメイベルがいたことに今気づいたかのようだった。はっとしてメイベルを見つめる。ディヴィッドも、しまった、というような顔をして、メイベルを見た。

ふたりの表情は、よく似ていた。さすがに兄弟である。

「首飾りをお見せしますわ、ロイさま。お知りになりたいことがあるのなら、なんでもお教えいたします。それでよろしいの？」

軽く首をかしげるようにして、メイベルは言った。

ロイは少し、気《け》おされたようだった。

「それは……まあ……そうしてもらえるなら」

もごもごと口ごもる。ちょっと面くらったようである。

思うに、ロイは自分よりも強いもの、権力側にあるものを糾弾《きゅうだん》するのは得意だが、弱いものには対抗できないらしい。これはこれで、やっかいな性質《たち》である。

誰かが――数人の男の足が、階段を登ってくる音がしていた。

わたしは馬車が停まる音を聞いていた。

それが誰だかはすぐわかる。

「それにはまだ、早いですわ。ロイさま、ディヴィッドさま」

わたしは空気が少し冷えるのを見はからって、ていねいに声をかけた。

「警察のみなさまがいらっしゃいました。――ノエラさまのお部屋を開けてさしあげてください、ロイさま」

階段からどやどやと、ロンドン警察の制服を着た男たちがあがってくる。

先頭はアガットである。

あがってくると同時に、ディヴィッドとロイが対峙《たいじ》しているのをみて、眉《まゆ》をひそめる。

「なんの騒ぎですの、ロイさま」

アガットは、ロイに言った。

「兄貴が帰ってきたんで、話をしていたんですよ、アガット。いけないことだとは思いませんがね」

ロイは言った。

兄弟喧嘩の火種は消えておらず、まだ不機嫌そうである。

「もうすぐ検証が始まるというのに」

「そいつはすばらしい。なるほど、おとなしく言うことを聞くつもりになったってわけですね、アガット。あれほど警察を呼ぶのをいやがっていたのに」

アガットはロイの言うことを聞かなかった。すばやくメイベルの肩を抱き、部屋にいれて扉を閉める。

「何のことをおっしゃっているのかわかりませんが、警察は納得していただければ帰るのでしょう。わたしは早くすべての始末をつけたいだけです。わずらわしい事件が起こる前の、わたしたちの日常に。そうでしょう、ディヴィッドさま」

アガットはディヴィッドに向き直った。

アガットはメイドの仕事をわかっている、とわたしは思った。

すなわち、片付けること。

アガットはいま、すべての準備と対処を終えて、片付けにかかっている。

アガットの言葉をきいて、ディヴィッドがうなずいた。

「――そうだな。そもそも警察を呼んだのが間違いだった。ノエラは残念だったが、おそらく間違って薬を多く飲みすぎたんだろう。警察にはざっと見てもらって、帰ってもらおう」

「警察を呼んだのはぼくだ。ちょっとおかしなところがあったような気がしたんでね。それが不満ですか、兄さん」

「おまえはいつも、不用意すぎるんだ。ロイ。その場にいたのが私だったら、こんなおおごとにはしなかった。父だってそう思うのに違いない」

なるほど――。

わたしはさっきの続きのような兄弟の喧嘩を眺めながら、納得する。

ひとつ疑問に思っていたことがあったのだが――そのせいで、ひょっとして、ディヴィッドが犯人のうちのひとりだったらどうしようと思っていたのだが、その答えがわかったのである。

もしも、その場にいたのがディヴィッドだったら、こんなおおごとにはしなかった。

アガットは、ノエラを発見されるのをいやがっていた。ずっとディヴィッドを待っていた。

――第一発見者を、ディヴィッドにしたかったのだ。

ディヴィッドなら警察を呼ばず、すべてを穏便にすませようとしただろう。証拠に注目することもなかっただろう。すべてをアガットに任せ、アガットの言うとおりに従ったかもしれない。

アガットは、それがわかっていた。

発見者がディヴィッドでなく、ロイとわたしだったことが、アガットにとってはいちばんの誤算である。

兄弟喧嘩はまだ続いていた。ロイは父親のことを出されるとディヴィッドに逆らいきれないようで、少し形勢が不利になっている。警察の一団――といってもたった三人で、制服を着ているということは警部ではない――は、すでに階段を昇りきっていた、
ディヴィッドの勝利を確信したらしいアガットは、冷たい声でロイに命じる。

「お部屋にご案内しなくてはなりません。スペアの鍵《かぎ》はロイさまがお持ちでしょう。鍵をくださいな、ロイさま」

「あ――ああ。ええと――どこに行ったかな」

ロイはまだ、頭に血が昇っていたらしい。ポケットのあちこちをさぐりはじめたが、鍵は出てこない。

「鍵なら、アガットが持っているんじゃありませんか?」

わたしははっきりと、口に出した。

アガットがふりかえった。

いま、わたしのいることに気づいたかのようである。

「なんですって?」

アガットの声が、これまでになく尖って聞こえた。

「わたしは、ノエラさまのお部屋の鍵は持っていませんよ。シャノン」

「ええ。それはわかっています。でも、ノエラさまの次の間——あの部屋には、ドレスが置いてあるとお聞きしました。あの部屋の鍵は、アガットが持っているんじゃありませんか？　あの部屋は、中でノエラさまのお部屋とつながっているはずです」

このことの真偽を確かめるのは難しくない。フランクに尋ねればすぐにわかる。

わたしはただ、警察が自殺と断定するまえに、教えてやりたかっただけだ。

この部屋は密室でない、ということを。

探偵小説好きのロイには申し訳ないけれど。

もちろん、本当に密室であるならば——ノエラの部屋が、内側からすべての鍵をかけられているものならば、わたしは考えを改めなくてはならなくなるけれど。

アガットはわたしを数秒見つめてから、答えた。

「そういえば、この屋敷に来たときに、次の間の鍵をフランクから預かりました。わたしの部屋に行けばあるわ。使いませんでしたので、持っていたことを忘れていました」

「忘れていた」

わたしは、笑いたくなるのをこらえる。

忘れていた！

アガットが。

ルースならわかるけれど。

ほかにいいわけのしようがなかったとはいえ、よく口に出したものだ。

アガットは嘘をついた。——つまり、ほかにも嘘をついているということである。

わたしはこのとき、アガットが犯人であると確信した。

「——あ、あったあった。内ポケットに入れていたんだった。これですよ、ノエラの部屋の鍵は」

そのとき、ロイがやっと、ごそごそとスペアキーを取り出した。

警察のひとりが受け取って、鍵を開ける。

「管理がいいかげんすぎる。おまえはいつもそうだ」

ディヴィッドがぶつぶつとつぶやいた。

どうやら、わたしとアガットがいま話したこと――つまり、アガットが事実上、ノエラの部屋の鍵を持っていた、ということの重大さに気づいていないようである。

三人の警察官は、きっと気づいただろうけれど。そうでなければ困る。

「どなたか、立ち会っていただけませんか」

少したったあと、警察のひとりが言った。

アガットがすぐに、身をひるがえす。

「わたしが行きますわ。――ディヴィッドさまも一緒に」

「――え」

アガットに言われて、ディヴィッドの顔から急に、余裕が消える。

「いや……私は別に……行く必要があるのかな。そもそも私はノエラと、少し話したことがあるだけだし。アガットが見て判断するのなら、それで」

「ぼくが行く。第一発見者だ。兄さんも見ておくべきだよ、責任があるんだから。シャノンも来い」

「ミス・シャノンは来る必要はありません」

アガットは、きっぱりと言った。

部屋に入ろうとしていたロイが、ふりかえる。

みるみるうちに、不機嫌になる。

「どうしてだ?」

「ミス・シャノンは、メイドになったばかりです。家にまつわる重要なことがらに触れるには、足りないものがあります。経験。礼儀。そして忠誠心です」

「冷血人間よりはいいと思いますがね」

ロイは言い返したが――正直、わたしはとても嬉しかった――アガットは聞いていなかった。くるりと体をひるがえし、ディヴィッドに尋ねる。

「それは、ディヴィッドさまがご判断くださいませ。カルヴァート家のご長男で、ノエラさまを招待された方ですから。わたしは、ミス・シャノンはこの場にふさわしくないと思います。優秀なメイドならいますぐ階下に行き、本来の仕事をするべきだと」

「あ――ああ。そうだな。なんなら、私も階下に行こうか。ノエラの検証の結果は、あとでアガットから聞くから」

「無責任だろ、兄貴!」

「兄貴と呼ぶなと言っただろう、ロイ!」

「ディヴィッドさまには来ていただきます。ミス・シャノンは来ないでください。よろしいですね、ディヴィッドさま」

アガットはロイの言うことを無視して、きっぱりとディヴィッドに告げた。

ディヴィッドは最後まで、行きたくなさそうにぐずぐずしていたが、アガットが先頭にたって部屋に入って行くと、しぶしぶ続いた。

悔しそうにふたりの背中を見ていたロイは、続いて入る前に、振り返った。

「待っててくれ、シャノン。話の途中だ。アガットの言うことなんて気にするな」

「かしこまりました、ロイさま」

結果はともかく、ロイはわたしの味方だ。侮辱《ぶじょく》されたら守ってくれる。

わたしはロイへの感謝をこめて、ひざを折る。

ロイが部屋の扉を閉める寸前、ノエラの部屋の中から、ディヴィッドの成人男性らしからぬ悲鳴が聞こえた。


「――終わったの？」

わたしは、しばらく廊下《ろうか》にたたずんでいた。

我にかえったのは、声をかけられてからである。

ふりかえると、廊下の扉が開き、メイベルがそっと廊下に出てきたところだった。

あらためてみると、メイベルは美しかった。

さらりとなびく金の髪がふわふわと、どこかから入ってきた風に揺れている。

はかなげで、守ってやりたくなるようなたたずまいは、わたしのまわりにはない。メイドには不要、むしろ害悪と言われるものである。

「はい。アガットとディヴィッドさま、ロイさまはノエラさまのお部屋に入られましたわ。メイベルさまも検証に立ち会いますか」

わたしは答えた。

メイベルは首を振った。

さすがに寂しそうである。アガットがいなくて、途方にくれているようにも見える。

「では、お茶をお持ちいたしましょうか。ディヴィッドさまも、お仕事が終わったらすぐにメイベルさまのお部屋にむかわれるでしょうし」

「ディヴィッドが来るのね」

メイベルはつぶやいた。嘆息《たんそく》したようにも見えた。

わたしは、さっき思ったのと同じことを思う。――かわいそうなメイベル！

「では、ディヴィッドさまはしばらくお顔をお出しにならないように、とお伝えいたしましょうか、メイベルさま」

「いいえ。ディヴィッドのいうことには従わなくては」

「すべてに従う必要はないですわ。たとえ、未来の夫であっても」

わたしが言うと、メイベルはにこりと笑った。

「わたくし、ひとりになりたくないのよ。あなた、ええと……」

「シャノンです、メイベルさま。カルヴァート家に今日から仕えております」

「あなたはいいメイドね。わたくし、話しておきたいことがあるわ。あの……ディヴィッドに話すまえに」

「──わかりましたわ。お茶を頼んで、お部屋にうかがいます。しばらくディヴィッドさまもアガットも来られないでしょうし」

メイベルがこのとき、どうしてわたしを選んだのかわからない。

メイベルには完璧《かんぺき》なメイド、アガットがいるのに。

あるいは、わたしがアガットと似たタイプのメイドだからかもしれない。

良家の令嬢であるならば、使用人の扱い方はこころえている。経験を積んだ使用人たちが、主人の扱い方をこころえているように。

メイベルが自分の部屋に戻ると、わたしは階下に降りていった。

パーティ会場の中にはエリザベスとルースがいて、クリスマスツリーの飾りをとっている。

開かれないままパーティの扮装を解かれた部屋は、どこか所在なげに、がらんとして見えた。

「シャノン、上のほうはどう？　ディヴィッドさまと警察が行ったはずだけど。あなたばっかりにお任せして悪いわね。あたし、どうもアガットが苦手で」

ルースはちゃっかりと階上の世話をわたしに任せるつもりらしい。

「アガットはさっき、階下に降りていましたけど、どんな用件だったんですか？」

「打ち合わせよ。今後の手配のことなんかで。ノエラさまが亡くなったってことはふせるようにって言われたわ。ウエイリー家のご両親とは連絡がつかないみたい。ウエイリー夫妻はノエラさまとは関係ないので、旅行の邪魔をする必要はない、なんていうから、ちょっと頭にきちゃったわ。あれじゃ、ノエラさまが浮かばれないわよ」

「ノエラさまのご親族はいらっしゃるのですか？」

「それが、ノエラさまは天涯孤独らしいのよね。こっちとしてもどれだけ関わればいいかわからないし、頭が痛いわ。ディヴィッドさまはアガットに従えって言うだろうし」

「ディヴィッドさまは、アガットと親しいのですね」

「婚約者のメイドだからね。ディヴィッドさまはああいう、昔ながらの忠実な使用人が好きなのね。主人の望みを先回りしてみんなやっちゃうような。あなたなんかも好かれそうよ、シャノン」

ルースは冷やかしとも、真面目《まじめ》ともとれない口調で言った。

わたしはひやりとする。

カルヴァート家から、ロイでなくディヴィッドに仕えろ、と言われたら困る。

そうならないために、少しディヴィッドに嫌われてみたり、無能なふりをしたほうがいいのかしら——と、わたしは半分くらい真剣に考えた。

「デイジーはいま、フランクと一緒にあちこちに電報を打ちにいってるけど、間違ってパーティに来ちゃう人もいそうよね。いったいどんないいわけをしたらいいんだか」

「理由はのちほどお知らせします、で通せばいいと思います。いずれわかることですし。間違って来られた方のために、お部屋と、軽食くらいは用意しておいたほうがいいかもしれませんね」

わたしは答えながら、エリザベスを見た。

となりのエリザベスは、わたしたちの話は聞いているだろうに、黙っている。ツリーから飾り物をはずす手はのろのろとしていて、ルースの仕事の半分も達成していない。

こういう場合、責めることも慰めることもなく、単純な仕事を与えておくことが、ルースのやりかたなのかもしれない。——おとうさまからは、教えられなかったやりかただ。

「わたしはしばらく、メイベルさまのそばについていますわ。——エリザベス、二十分たったら、メイベルさまのお部屋にお茶を持ってきてくれる？」

わたしは、さりげなくエリザベスに頼んだ。

エリザベスは、はっとしてわたしを見たが、すぐにうなずいた。

「——わかったわ、シャノン」

「落ち込まないでね、エリザベス。思い出したことがあるなら、あとでわたしに教えてくれる?」

わたしは部屋を出るまえに、エリザベスに体をよせ、小声でささやいた。

エリザベスはわたしを見つめ、こくりとうなずく。

ルースは横を向いて、聞こえないふりをしていた。


「入ってよろしいですか、メイベルさま」

扉を叩くと、メイベルの、どうぞ、という小さな声がした。

わたしはそっと扉を開く。

メイベルはひとりだった。

まだアガットもディヴィッドも戻っていないらしい。

火の入った暖炉《だんろ》のまえに座って、ひとりで火を眺めていたが、わたしが入ってくるのをみてふりかえる。やや流行遅れのドレスがよく似合っていた。

ロイの部屋と違って、部屋の中はきちんと片付いていた。

ベッドはとなりの部屋にあるのだろう。部屋の中央には長椅子《ながいす》とガラスのテーブル。テーブルの上には果物の盆が置いてある。もとは書斎だったのに、無理やりベッドをいれたノエラの部屋とは大きな違いである。

友人として対等に暮らしているようにみえても、やはり令嬢は違うらしい。

窓のカーテンは、濃い緑。壁紙が桜色だから合っているといえなくもないが、居間と同様、カーテンだけ新しくしたらしい。

女の子の部屋なのだから、フルーツ柄のカーテンのままでいいのに、とわたしは残念に思う。

わたしは、メイベルがじっと見ていたものに目をやった。

暖炉の炎である。石炭は潤沢《じゅんたく》にあるようだが、炎はそれほど大きくない。

よくみれば、暖炉の中から、にょっきりと何かの茎《くき》が突き出している。そばには花びらが散り、花の残骸《ざんがい》が炎の中に舞っていた。

わたしは一瞬、目を疑う。

メイベルがみていたのは——おそらく暖炉にくべていたのは、薔薇《ばら》である。

おそらくノエラ同様に、昨晩からこの部屋を埋めていたであろう、赤い薔薇。

「薔薇を燃やしていたのですか？」

わたしは尋ねた。

メイベルは、うなずいた。

「ええ。昨日まで好きだったけど、好きじゃなくなってしまったの」

「どうして、好きじゃなくなってしまったのですか」

「朝になったら、つぼみじゃなくなっていたからよ」

メイベルは悲しそうに言った。

そのまま暖炉のそばを離れ、そっとテーブルのそばに来た。

「わたくし、とても不安なのよ。いつもなら、こういうときにはノエラに話を聞いてもらっていたんだけど、そのノエラがいないんですもの」

ノエラはぽつりと言った。

「わかりますわ、メイベルさま」

「胸が張り裂けそうだわ。わたくし、とてもノエラのことが好きだったのよ」

メイベルは憔悴《しょうすい》していた。寂しげに見えたのは、もとからの美貌《びぼう》のためだけはない。

「ノエラさまとは、一緒にお暮らしになって、二年でしたね」

わたしは言った。

メイベルはこくりとうなずき、ドレスをすべらすようにして、部屋の中央まで来た。

「十四歳のときからよ。ノエラのご両親に不幸があって、わたくしの友だちとして一緒に暮らすことになったの。ノエラはとても優しくて、なんでも聞いてくれたわ。ディヴィッドと結婚するのも、ノエラがすすめてくれたから決めたのよ」

「ご結婚をですか」

ノエラとメイベルは姉妹のような関係だ、と誰がかいっていたが、それは事実だったようだ。

メイベルは意志が強くない――あるいは、意志そのものがないタイプなのかもしれない。両家の令嬢とはそういうものなのだろうか。

「これからはディヴィッドさまに支えていただけますわ。ディヴィッドさまはメイベルさまのことをとてもお好きなようですから」

わたしはあたりさわりのない意見を言った。

メイベルがディヴィッドのことをどう思っているのか、ということには触れないようにして。

「でも、ノエラはいないわ」

「――お気持ちをお察しします、メイベルさま」

「ディヴィッドはいい人よ。財産もあるし、おとうさまもおかあさまもアガットも賛成しているわ。でも、わたくしは、結婚しても、ノエラが一緒だとばかり思っていたのよ」

「カルヴァート家にはたくさんの人がいます。ご結婚のことを心配する必要はないですわ」

「ノエラはずるいわ。わたくしの結婚を応援しているって言ったくせに」

ノエラのどこがずるいのかはさっぱりわからないが、メイベルがディヴィッドと結婚したくないことだけはわかった。

とはいえ、わたしには何もすることはできない。

わたしはふと、わたしが、メイベルづきのメイドだったとしたらどうしただろうか、と思った。

家のために気のすすまない結婚をする令嬢に対して、やめたらいかがですか、というのと、それでも結婚するべきです、とすすめるのとでは、いったいどちらが誠実かと。

わたしにはわからない。──結婚というものがよくわからないし（最初は気がすすまなくても、一緒に暮らすうちに仲良くなる夫婦なんていくらでもあるという）、真の優しさとか、忠誠心というものは、相手を気持ちよくさせればいいというものではないからだ。

メイベルのような令嬢には、愛以上に必要なものがあるということも。

わかっているのは、アガットは──そしてノエラは、メイベルがディヴィッド・カルヴァートと結婚することをよしと思った、ということだけだ。

「メイベルさまの首飾りのことですけれど」

そしてわたしは、そろそろと口に出した。

このことを尋ねるために来たようなものである。

ロイはともかく、ディヴィッドやアガットがいたら、とてもこんなことを尋ねられない。

時計はそろそろ、さっきから十五分ほどたったところである。

「首飾り？」

メイベルは、きょとんとした。

「ええ。あの――お噂《うわさ》は聞いています。サファイアの首飾り。ディヴィッドさまはその首飾りに魅了されて、メイベルさまとのご結婚を決められたとか。今夜、メイベルさまがおつけになるというので、わたし、大変楽しみにしていたのですけれど、あんなことになってしまって」

「――ああ」

メイベルは、少し面倒くさそうな声になった。

「――そうね。あの首飾りね……。ディヴィッドはとても好きみたいね」

「メイベルさまは、お好きじゃないんですか？」

「好きだったわ。昔はね。でも急に、好きじゃなくなってしまったわ。飽《あ》きたわ」

「飽きた……のですか」

「ええ、こういうのって、突然飽きるものね。薔薇のつぼみが花開いたとたん、つまらなくなってしまうように。そうじゃなくて？」

なんだか、忘れてはいけない言葉のような気がしたけれど、わたしは答えることができなかった。

「あの……よろしければ、見せていただくことはできるでしょうか。その首飾りを」

「あなたに？」

メイベルは首をかしげた。

メイベルはメイドにドレスや宝飾品を見せびらかすタイプの令嬢ではなかったか、とわたしはがっかりした。これ以上頼むことはできない。

メイベルは少し考えてから、言った。

「アガットはまだ、戻ってこないかしら？」

「少し時間がかかっているようですね」

「——いいわ。見せてあげる。かわりにあなた、もしわたくしがディヴィッドと結婚したら、わたしづきのメイドになってくれる？」

「——は？」

わたしは思わず、聞き返した。

言葉に邪気はない。

メイベルはわたしを見て、自分の味方になってくれる？　と無邪気に尋ねている。

「わたしは入ったばかりで、まだ何も決まっていませんので」

わたしは答えた。

「だったら、わたくしからディヴィッドに頼むわ。アガットも、あなたは優秀なメイドだって言っていたし、わたくしもそう思うの。あなたはとても誠実だって。ロイ・カルヴァートにとられるまえに、言っておくわ」

「ロイ・カルヴァートさまは、関係ないと思いますが」

答えながら、わたしはひやりとする。

メイベルは何も考えていないわけではない。ほんの少し会っただけで、わたしがロイに傾いている——できればロイづきのメイドになりたがっている、ということに気づいたらしい。

ルースもアガットも、当のロイでさえ気づいてないのに。

「ノエラのことも、アガットに頼んだのよ。ノエラをお友だちにしたかったから。ノエラに、わたくしの友だちになってくれるのね？　って言ったら、ノエラは、よろこんで。って答えたわ。だからわたくし、ノエラを大好きになったの。アガットとノエラがいて、わたくしはとても幸せだったのに、ノエラはいなくなってしまったわ。ひどいわよね。とても悲しいわ」

メイベルは寝室の扉を開けて、中に入っていく。

わたしは答えられなかった。

ふと、エリザベスを思い出した。ノエラを思い出して、涙をこらえていたエリザベス。

メイベルの悲しさと、エリザベスの悲しさは違うような気がする。——どう違うのか、といわれたら、うまく答えられないが。

外からは、階段をあがってくる足音が聞こえてくる。

メイベルはしばらくすると、寝室から出てきた。

その胸もとには、首飾りがある。

思ったよりも、大きなものだった。

メイベルはドレスを着替えていた。

ドレスの色は黒だ。広くあけた、胸もとに、二連のきらきらした飾りが吸いついている。ベースは大小のダイヤモンドをつなぎ合わせたもので、合間に、青やピンク色の石があり、それぞれの輝きをひきたてている。

そして、逆三角形の、細かいダイヤをちりばめたいちばん中心には、子どもの指ほどの大きさの、澄んだ青のサファイアがきらめいていた。

首飾りはミルク色の肌の上に輝いていた。華奢《きゃしゃ》な首や肩には少し大きいが、細工のすばらしさはいささかも衰えない。

「これでいいかしら、シャノン？　あなた、最初からこれを見たかったのよね？」

メイベルが言った。

わたしは顔をあげる。

メイベルはわたしを見ていた。

金のまつげにふちどられた瞳は人形のようだ。鈍くて、残酷《ざんこく》で、賢くて、容赦《ようしゃ》のない――上流階級の人間特有の瞳。

いくらドレスが古ぼけていても、この瞳は本物だ。

「――メイベルさま――」

わたしはあやうく、メイベルにかしずいてしまいそうになる。――使用人の本能だ。わたしは、アガットには対抗できても、メイベルには対抗できない。

そのとき、廊下《ろうか》でどやどやと気配がした。

「まったく、いきなりいろいろ聞かれたって、私は何も知らないっていうのに！」

ディヴィッドである。

声が大きいのは、遺体と体面させられて、動揺《どうよう》しているからかもしれない。

「義務ですよ、兄さん」

「おまえはなんでついて来るんだ」

「メイベルが首飾りを見せてくれるって言ったからに決まっているでしょう。とにかく、あれをみないとぼくの仕事は始まらないんだ」

「おまえの仕事が聞いて呆《あき》れる。何度もいうが、私はウエイリー家が破産してようがしてまいが、結婚するからな。――メイベル、入るよ！」

――いまエリザベスが来たらちょうどよかったのに、どうやら間に合わなかったようだ。

ディヴィッドとアガットが来たら、わたしは退散せざるを得ない。

わたしは少しがっかりして、主人たちを迎えるために席をたつ。

扉を開けると、ディヴィッドとロイが、なだれ込むように部屋に入ってきた。

「だから、ぼくは兄さんの結婚の邪魔をしようなんてこれっぽっちも思ってませんよ。ただ、慎重になってもらいたいだけだ」

「私がおまえに従う義務はない」

おかしなものだ。ロイがディヴィッドに、慎重に、というなんて。

真面目《まじめ》で堅実なのがディヴィッド、破天荒《はてんこう》なのがロイ、という役割じゃなかったのか。この兄弟は。

ふたりはすでに部屋に入っていた。

メイベルはびっくりしたように立ちすくんでいる。

ロイとディヴィットに続いて、アガットが入ってきた。アガットはメイベルの姿を見て、厳しい表情で眉《まゆ》をひそめた。

そして三人のうしろから、盆にポットとカップをならべたエリザベスが、こちらに向かってくるのが見えた。

エリザベスは軽く会釈《えしやく》をして、扉を閉める。そのままテーブルに向かおうとして、メイベルに視線を移した。

手がとまる。

エリザベスははっとしてメイベルを見つめ、それから、悲鳴のような声を絞《しぼ》り出した。

「──それ、ブレイク夫人の……ノエラさまのものだわ。どうして、ノエラさまの首飾りを、メイベルさまが持っているの⁉」

エリザベスは間に合った。

そして、絶妙のタイミングで、わたしの言いたいことを言ってくれた。

一瞬、部屋が静まり返る。

そこにいたのは、六人である。

メイベル、ディヴィッド、ロイ、アガット、エリザベス——そしてわたし。

主人が三人、メイドが三人。

わたしはかたずを呑《の》む。それから見る。——こういうとき、誰がどういう反応をするか、誰が誰にとがめられて、誰が逃げようとするのか。

ディヴィッドは目を見開いていた。まさか、とか、そんな、とかつぶやいている。

ロイはやや皮肉っぽく、軽く目を細めて黙っている。——見ている。わたしと同じだ。

エリザベスは、自分の立場を忘れてしまったようだった。全身から不信感を漂わせて、誰かの答えを待っている。

アガットは無表情だった。

アガットのようなメイドにとっては、言葉の真偽などどうでもいいのである。ただ、お茶を持ってきたらすぐに立ち去るべきメイドが、失礼な口をきいた、ということを怒っている。

「ノエラがくれたからよ」

そして、さらりとメイベルが言った。

「くれた――?」

エリザベスがつぶやく。

「ええ。ノエラが、わたくしにくれたの」

「し、しかしメイベル、きみは――それを、ウエイリー家に代々伝わる……伝統的な宝飾品だって……」

ディヴィッドが言った。

明らかにうろたえているが、メイベルは動じなかった。いつもの、きょとんとした表情のままだ。

「言ってないわ。ディヴィッドさまが、そうなんだろうってしつこく聞いてくるから、返事をしなかっただけ」

「――だから言っただろ、兄貴。ちゃんと確かめろって」

「兄貴と言うな!」

ディヴィッドはそこだけを語気を荒くして、ロイに怒った。まるで、いまの混乱をぶつける相手がロイしかいないかのように。

「嘘だわ! ノエラさまがその首飾りを、誰かにお譲《ゆず》りするわけないわ!」

引き裂くような声が、部屋の中に響き渡った。

「それは、ジェインさまが……ブレイク夫人が、旦那《だんな》さまから贈られたものだった。ノエラさまは奥さまからそれをひきついで、結婚するときに身につけるって言ってたのよ。それを、お友だちなんかに渡すわけがないわ」

メイベルはエリザベスを見た。

「あなた誰？」

「メイドです。――昔、ブレイク家に仕えていたんです。昨夜《ゆうべ》はノエラさまとずっと話してたわ」

エリザベスは、言った。

メイベルの目が、これまでになく冷たいものになる。

「ノエラは、そんなこと言ってなかったわ」

「秘密にしていたんです。ノエラさまが、内緒にしたいっておっしゃって」

「ノエラが、そんなことというわけないわ。友だちなのに。わたくしに、秘密にするなんてことが、あるわけない」

メイベルは言って、ディヴィッドに目をやった。

「この首飾りは、ノエラからわたくしへの贈りものなの。わたくしがちょうだいっていったら、あげるって言ったのよ。嘘なんてついてないわ。――信じてくださらない？　ディヴィッドさま」

「それは……それは、きみが言うなら、信じるけど」

「──わたしから説明いたしますわ。その首飾りは、ノエラさまとメイベルさまの友情の証《あかし》なのです」

アガットが口をはさみ、呆然《ぼうぜん》としているディヴィッド、それから、エリザベスに目をやった。

「あなたはメイド失格です、ミス・エリザベス。このことはカルヴァート家に報告することになります」

エリザベスに向かって、アガットはていねいに言った。

廊下の向こうから、警察官や従僕たちの新たな声が聞こえはじめてきていた。

# 5　完璧なる主人の秘密

　それからしばらくして、わたしはロイの部屋に入った。

　もう夕方になっている。

　メイドたちの仕事は、なんとか一段落したようだ。ノエラの遺体は運び出され、客たちにも連絡がついて、屋敷はなにごともなかったかのように、片付けられはじめている。

　ロイとディヴィッドはしばらくあちこちの応対をしていて、部屋に閉じこもることを許されなかった。

　ロイは合間にわたしをつかまえて、仕事が終わったらぼくの部屋で待ってろ、と言った。わからないことがあるから。きみにはわかるかもしれないから。

　ロイは謙虚なのか尊大なのか。真面目《まじめ》なのかいいかげんなのか。わからないのはわたしのほうである。

　メイベルはあの首飾りを、ノエラがくれた、と言った。

　もとはノエラのものだったが、ノエラがあるとき、メイベルに贈りものとして譲《ゆず》ったのだ、と。

もともとメイベルはその首飾りを気にいっていて、ディヴィッドとはじめて会ったときは、ノエラから借りて身につけていたのだという。

そのことを、ディヴィッドは知らなかった。

いまはともかく、ディヴィッドは最初、メイベルの首飾りを見て魅了されたという。

そもそも、代々の宝飾品を所有している家、というのは、ディヴィッドがウエイリー家に一目置く理由のひとつだった。ディヴィッドがメイベルと結婚する理由——とまではいわないが、動機の一因であることは間違いない。

首飾りについてきちんと確かめなかったのは、ロイの言うとおり、ディヴィッドのミステイクである。——正直、社長としてはどうかと思うような詰めの甘さだ。

メイベルはディヴィッドに嘘がばれるのを困ったふうもなかった。嘘をついていた自覚すらないようだ。

メイベルにとって、そこにある首飾りが誰のものであろうと、どうでもいいのかもしれない。

メイベルがもっとうろたえるようなら、ノエラが殺されたのは、この首飾りが原因だったのだ、と思ってしまうところだけれど。

……いけない。

わたしは首を振って、自分の気持ちをいましめる。

メイベルがはかなげな令嬢然としているので、ついつい肩入れをしてしまいたくなる。これは、わたしがメイドであることの弊害《へいがい》かもしれない。

わたしは事件のことを頭から追い出して、ロイの部屋を見渡した。

部屋の中はあいかわらずである。

机の上は、昼になんとか作った空間があるが、寝室のドアは開けっ放し、書斎机の上と、その横の床の上には、本が山のように積みあがっている。

ロイが持ってきたほうは積み方が雑なので、崩れていた。数冊を残して、周辺にばらばらと散らばっている。

大事な本だといっていたわりには、扱いがぞんざいだ。

わたしはため息をひとつつくと、床に膝をついた。

早くすませたいならていねいにやれ、というのはこういうことだ。最初に手を抜くと、後始末に余計な時間がかかる。

しかし、いったん頭を冷やすのに、やることがあるのはありがたい。

わたしは散った本を拾い集め、大きさをそろえて重ねはじめた。

本の種類はばらばらである。

開けば両手いっぱいになりそうな、重々しいキルケゴールの哲学書の上に、ハウスマンとワーズワースの詩集が続けて散っている。

マルクスの『資本論』、ミルトン『失楽園』、ヴィクトル・ユーゴーと、エミール・ゾラの長編小説、それからなぜか聖書がある。

なるほど——ロイは自然志向で、ロマンティストである。無宗教で、哲学に興味があり、政治的信条を持っていない。ユーゴーとゾラは小説ではなく、思想の本としてみているらしい。

それらの片付けが終わると、下のほうに大衆小説の一群があらわれた。

中心になっているのは探偵小説とロマンス小説。そして少年向けの冒険譚《ぼうけんたん》だ。『ロビンソン・クルーソー』『ガリバー旅行記』『海底二万マイル』そしてなぜかディケンズ。好みはともかく、有名どころはきっちり押さえている。

ロマンス小説は、ジェイン・オースティンとブロンテ姉妹を除くと、いわゆるロンドンの少女たちが好む愛の小説である。イエローブックというやつだ。毎号買う作家を決めて、いそいそと本屋に通わなければ集まらないような量だ。

どちらかといえば、こっちのほうが蔵書の中心だった。黄色い表紙は作りが荒いうえ、哲学書に比べるとけっこう読み込んだあとがある。

ユーゴーなら手に入るだろうけど、こういうのは一回出版したらそれっきりだから、希少本といえなくもない、確かに。

本を種類ごとに分けて重ねながら、わたしは苦くほほえみたくなる。

ロイはこういうのが好きなのか。

確かに、これらを見つけられたら、暖炉のたきつけにちょうどいい、と言われそうだ。

ロイのデビュー作はロマンス小説だったし、なんだかんだいって、ロイは重厚な社会派小説というタイプではないようだ。

ついつい手をのばして、ほかの重ねられている本の山を確かめたくなり、わたしは自分で自分をいましめた。

人の本棚《ほんだな》を見るのは、その人の内面を覗き見しているようなものである。

それはある程度、メイドに許されている特権なのだが、あくまで掃除《そうじ》や片付けをするついでであって、わざわざ手を出すのはルール違反である。

わたしは最後の本をきっちりと積み重ね終わると、かび臭《くさ》い本棚から出てきた本たちの表面の埃《ほこり》を払おうとして、手をとめた。

書斎机のいちばん奥に、隠すようにもう一山、本がある。

わたしはその山に近寄った。

全部、同じだ。やや小ぶりの、黒い表紙の本である。

表紙には、なめらかな金の文字で、タイトルが書いてある。

『黒苺の初恋《ブラックベリー・ロマンス》』と。

その下にそっけなく、筆者の名前。

ロイ・カルヴァート。

そしてなぜか、小さな苺のマークが書いてあった。

わたしは手をのばし、本をとった。

ページをめくると、一ページ目にある、小さな文字が飛び込んできた。


ぼくを魅了した、小さな女の子に捧ぐ。


「…………」

わたしはこの時点で、メイドであることから逸脱《いつだつ》していたのかもしれない。

わたしは床にぺったりと座り込み、読み始めた。

ロマンス小説を読みたいわけではなかった。わたしが唯一知っているデビュー作以外に、ロイがしたためたものがあるのなら、読んでみたいという欲求をおさえることができなかっただけだ。

そしていったん読みはじめたら、ここがロイの部屋であることや、わたしがメイドで、ロイがディヴィッドと話していて、帰ってくるまでのつかの間、待っているようにという命令を受けただけなのだ、ということを忘れた。

仕事のことは頭から完全にとんでしまい、ただ文字を追うことだけに没頭《ぼっとう》していた。

十年前のできごとを書いた小説だった。

場所はここ、ベリーカルテット。わたしが六歳――ロイは十二歳か十三歳のころである。わたしは十年前のほんのひととき、父とともにこの屋敷に滞在した。

「……シャノン」

夢中で文章を追いかけながら、頭のかたすみでわたしは思う。

ロイはその人物像というか、性格が、物語のイメージとかけはなれすぎている。できの悪い次男坊が、こんな純粋な物語を書けるわけがない。

そもそもディヴィッドなどに比べたら容姿が端麗《たんれい》すぎるから、妙な誤解まで生んでしまうことになる。軽薄な遊び人だと。

文学者が性格破綻者《はたんしゃ》である、というのはよくあることだが、わがままな次男坊というだけでは珍しくもない。作家として売り出したいならちゃんと戦略を練《ね》るべきなのである。

そう、たとえば――こんな苺のマークなんか描く暇があるのなら、写真館で写真を撮ってもらって、袖《そで》に顔写真を載せるべきである。名家の御曹司《おんぞうし》が小説を書いている、というところを前面に出して、芸術家の集まるサロンで紹介するべきなのだ。

噂はすぐに広がる。顔に騙《だま》されようがなんだろうが、小説を買うのは女性なのだから。

ロイは社会派をきどるには若すぎる。男は、苦労を知らない、美貌《びぼう》の若造に説教されたくないものだ。そういうのは髭《ひげ》づらの、けわしい顔をした、政治家ぶった作家に任せておけばいいのだ。

ロイがいま道を間違えたら、この美しい物語は、そしてこれからロイが紡《つむ》ぐであろうたくさんの話は、かびくさい本棚に埋もれて、朽《く》ちてしまうことになる——。

「——シャノン！　おい！」

そしてわたしは、はっとして顔をあげる。

目の前には待ちくたびれたふうになっているロイがいて、腰に手をあて、わたしを冷たい目で見下ろしていた。


「——何読んでいるんだよ、勝手に！」

ロイは少し怒り、少し当惑していた。わたしが自分の本を読んでいるのをみて、居心地が悪そうにも見えた。

「す、すみません！」

わたしはあわてて立ち上がった。

メイドが主人の蔵書を黙って読むとか、してはならないことである。

わたしはぱたんと『黒苺の初恋』を閉じ、ロイに差し出す。

ロイはひったくるように本を受け取ると、机の上に置いた。

「それ、私家版ですね」

気まずさを隠すために、わたしは尋ねた。

本の奥付に出版社の名前がなかったことを、わたしは確かめていた。

ロイはわたしと目を合わせずに言った。

「そう。どこの出版社にも買ってもらえなかったから、自分で本にしたんだ。ぼくの二冊目の本だ。奥の部屋にはもっとある」

「あの……一冊、いただいてもいいですか」

ロイは変な顔をして、わたしを見た。

わたしはあわてた。

「お金を払います。といっても、まだお給金をいただいていないので、ちょっと先になりますけど」

ロイはしばらく黙って、わたしを見ていた。

ロイは見てくれほど不機嫌ではない、ということにわたしは気づいた。不機嫌ぶっているだけだ。たぶん、どうしたらいいかわからないから。

ロイは無造作《むぞうさ》に本を手にとると、わたしに差し出した。

「やるよ。どうせ余ってるし」

「ありがとうございます」

わたしは笑顔になって、ロイからのはじめての贈りものを受け取った。

ロイは不機嫌そうな、怒ったような、妙な顔をして、わたしを見ていた。

わたしも、妙な顔をしていたのかもしれない。こほん、とせきをして、『黒苺の初恋』を背中に隠した。


「で――メイベルとディヴィッドの件だけど」

と、ロイは言った。

ロイはさっさと長椅子《ながいす》に座っている。

わたしは少し遅れてロイの向かいに腰かけ、目をぱちくりさせて、ロイを見た。まだちょっと、動揺《どうよう》がおさまっていない。

「メイベルさま？」

「きみが言ったんだよ。これは自殺じゃなくて殺人だって」

ロイは言った。

「この期《ご》に及んで、まだ兄貴はメイベルをかばってる。そもそもぼくは最初から、おかしなことだと思ってたんだ。兄貴はみる目がないんだよ、何もかも」

ロイは少し投げやりになっているようにも見えた。どうやら、ディヴィッドと対峙《たいじ》すると、てきめんに不機嫌になるようである。

「メイベルさまが、アガットのことをなにかおっしゃってましたか？」

「何いってるんだよ。アガットは関係ないだろ。そりゃ、ノエラの部屋の鍵《かぎ》を閉めたのはアガットだろうけどさ。メイベルにそうしろと言われただけだろう」

わたしはロイを見た。

ああ……そうか。

はじめて納得した。

なるほど、わたしとしたことが！

わたしはずっと、犯人はアガットだと思いこんでいた。

だからこそ腑《ふ》に落ちなかったし、理由を知りたかった。アガットなら、完璧《かんぺき》に納得できる理由があると思ったから。

アガットにとって、主人をかばうため以外の理由がどこにあるだろうか。

わたしだって、もしも犯人がロイであるならば、完璧にかばい通してみせる、と決意しかけたではないか――。

「まわりくどいことを言ってもはじまらない。もしあれが自殺でないというのなら、犯人はメイベルしかない。ほかの人間である理由がないし、メイベルには動機がある」

ロイは言った。

「あの首飾りについては、おかしいなと思ってたんだ。ウエイリー家にそんなものがあるなんて、ぼくはまったく知らなかったからさ。そもそもそんなのがあるなら、ウエイリー家が破産するわけがない」

ロイは長椅子に座って足を組んだ。長い足がテーブルに積んであるタイプライターに触れて、ごつん、と鈍い音をたてる。

「ウエイリー家は破産しかけているのですね」

「そうだよ。驚かないな。——知ってた?」

「メイベルさまのドレスが古びておりましたので。婚約者の家でパーティがあるというのに、アガットしかメイドを連れてこないというのもおかしいですし、ご両親や親族の方たちが、旅行と称して外国へ行って、帰ってこないのもおかしいのです。ディヴィッドさまとメイベルさまのご様子はいかがですか?」

「ディヴィッドがメイベルをなだめてた。——これも、おかしいよな、普通は逆だよな? 騙されてたのは兄貴なんだから」

「普通は、好きなほうが、好かれているほうをなだめるのです」

少なくとも、メイベルがなだめる側になることは絶対にない。

「嘘をつかれていても、それでも結婚したいのかな。ぼくにはわからないな」

「あるいは——それでも結婚したかったから、家の事情も調べないで、いろんなところに目をつぶって、無理に話をすすめていたのかもしれませんね。だとしたら、ディヴィッドさまはああみえて、意外とロマンティストだということになります」

ロイの兄だし、とは、内心でこっそりと付け加えた。

ロイは目を細めた。

「きみ、本当にただのメイド？」

「正真正銘《しょうしんしょうめい》、ただのメイドです。訓練されているだけです。ロイさまこそ、本当にただの作家ですか」

わたしは尋ねた。

ディヴィッドとロイのやりとりをみていると、巷《ちまた》の噂が信じられないのである。ディヴィッドの優秀さも、ロイの不真面目《ふまじめ》さも。

ノエラの遺体を見つけたときといい、いざというときの判断力は、ロイのほうが上ではないかと思える。

「正真正銘、ただの作家だよ。訓練はされてないけど。それから――たまにカルヴァート家の仕事をすることもある。それが、仕送りをもらう条件だったんだ」

「仕事っていうのは？」

ロイは投げやりなようでもあり、覚悟を決めているようでもある。

ディヴィッドと会うまえとは少し感じが違っていた。

「カルヴァート・カンパニーの仕事のことは、知ってるだろ」

「はい」

わたしは、答えた。

カルヴァート家は、ロイの父親、ジェイムズ・カルヴァートが一代で興した貿易会社である。扱っているものは、美術品や宝飾品だ。

――といえば聞こえはいいが、実情は破産管財人のようなものだ。

貴族たちから代々伝わるものを買い上げて、お金はあるが伝統のない家に売る仕事である。貴族たちにとってみれば、自分たちの誇りを切り売りするのなら、見る目のないアメリカ人でなく、イギリスの、それなりに格式のあるカルヴァート家に売るほうがいい。

とはいえ、お金のない貴族たちの足もとを見ているのにはかわりなく、カルヴァート家は上流階級で、ちょっと変わった立ち位置にいるのである。

彼らの信頼を得るためにも、カルヴァート家は慈善《じぜん》事業に精を出し、人望を厚くして、尊敬を集めなければならない。だからこそロイの父と兄にとっては、ロイのような非常識な人間がうとましいのである。

「いまはジェイムズさまが引退されて、ディヴィッドさまが仕事の中心になられているということですね。ディヴィッドさまは各界にも顔が広いし、評判がいいと聞きます」

「それは事実だ。だからこそ問題なんだ」

「どこが問題なのですか」

「兄貴には、見る目がないんだよ」

ロイはいやいや、口に出した。

「見る目がない？」

わたしは尋ねた。

ロイは居心地悪そうに、足を組みなおす。

「仕事ができないわけじゃないし、そもそもたいしたことじゃないんだけどさ……。たとえば、ここに二枚の絵があるとするだろ。一枚は有名な画家が描いたもので、貴族の家に代々伝わったもの。絵柄は平凡で、どこにでもあるものだ。もう一枚は東洋で何かを包んでいた、ただの包み紙だ。だが、はっとするくらい美しくて、目をひく。きみだったらどちらを選ぶ？」

「目のまえにないので、選ぶことはできません。美しいとか平凡とかは、ロイさまの主観でしょう」

「それでいいんだ。正解だよ。絵のよしあしなんて、条件だけじゃ選べないじゃないか。要は好きならそれでいいんでさ。画商はその手助けをするだけだし。ただ兄貴はどういうわけか、絵を眺めることもなく、有名な画家が描いたほうを選ぶんだな」

「それは、みる目がないというのでしょうか。包み紙を選んだところで、売れなかったらお仕事としては成り立たないのではないですか」

「それが、ぼくには見る目があるんだ。ぼくはあの包み紙はたくさん手にいれなきゃだめだ、と言ったんで、会社は大きくなった。父は兄貴の手柄だって思ってるけどさ。ぼくがなんとなく、これは手にいれといたほうがいいって思うのは、だいたい当たるんだ。——自分の小説以外」

最後のひとことを、ロイは少しだけ小さな声で、付け加えた。

わたしは、眉をひそめた。

「つまり……ロイさまには、商才があるってことですか？」

「商才とかいうな。兄貴に商才がなさすぎなんだ。勉強も運動もできたみたいだけど、要は審美眼がないんだよ。ぼくの小説をつまらないって言うくらいだからな」

兄の仕事ぶりよりも、そっちのほうを不満そうにロイは言った。

「このことを父は知らない。だから、兄貴はぼくが邪魔で仕方がない。ぼくのアイデアがあったのはたまたまだと思っていて、自分のほうが正しいって証明したくてたまらないんだ。いつもぼくは、兄貴の選んだものをダメ出しばかりしてるから」

「だったら、今回の婚約のことも」

「兄貴は婚約を急いでた。あの首飾りを——それとメイベルを、兄貴は、ぼくに知られるまえに手にいれたかったんだと思う」

「知られたら反対されるから？」

「そう。それは兄貴のいつものパターンでね。ぼくはいやな予感がした。それで、いったんとめといたほうがいいと思って、急いで戻ってきたんだ。ほかのことならいいけど、家のことだし。兄貴が失敗したら、仕送りにかかわる」

そういえばロイは、この家に来るとき、ぼくがメイベルを見定めてやる、と言った。

あれは事実だったのか。

わたしは複雑な気持ちで、ロイを見つめた。

わたしはてっきり、ロイはなにもできない人間だと思っていたのである。

なにもできないけれど、小説だけは書ける。だったら、そのただひとつの才能を生かすために、わたしが手助けできるのに違いない、と。

ロイに商才があるとか、ディヴィッドよりも優秀だとかいうのは……期待を裏切られた、といったら変だけど、ちょっとがっかりしたような気もする。

身だしなみとか生活習慣とか、社会的な常識という意味では、ロイよりもディヴィッドのほうがきちんとはしていそうだけど。

「――さしでがましいようですが」

わたしはついつい、口を出した。

つまり、いまのロイの話を聞いたら、だいたいの人間が口に出したくなるようなことを。

「なんだよ」

ロイはむっとしてわたしを見た。

だいたい、言われることの予測がつくようだ。

「ロイさまに商才がおありで、ディヴィッドさまにそれがないなら、ジェイムズさまにそうおっしゃって、正面からカルヴァート家のために働けばいいのでは？　なにも、自分の手柄をすべてディヴィッドさまに渡すことはないでしょう。感謝されるわけでもないのに」

「あのなあ！」

ロイはいらいらしたように、わたしの言葉をさえぎった。

「そうなったら、小説を書く時間がなくなるだろ！　ぼくは、会社だの、社交界だのであれこれするのは大嫌いなんだ。あちこちに愛想をふりまいたり、舞踏会で踊ったりさ。そんなことをするくらいなら、出来の悪い次男坊だって言われるほうがいい。そのほうがなんでもできるし、生きていくのも楽じゃないか」

「――なる……ほど」

わたしはつぶやいた。

目利《めき》きの部分はロイがするかわりに、そのほかの事務的なこと、表面的なつきあいは全部、ディヴィッドが受け持っている、というわけか。

おもてむきロイは何もしないで、ディヴィッドが責任をとる。ディヴィッドはロイとは反対に、そういうのは得意そうだ。

ロイのおかげで会社が潤うなら、ディヴィッドはロイに仕送りをしないわけにはいかないだろうし。ロイは気になることを兄に進言するだけで、思い切り小説を書ける。

ロイとディヴィッドは、嫌いあっているようでいて、お互いがなくてはならない存在なわけだ。――面白い兄弟である。

「商才なんてどうでもいいけどさ。とにかくそういうわけで、ぼくは兄貴とは仲がよくないし、兄貴のことを信用してない。兄貴はメイベルの見てくれと肩書きに騙《だま》されてるんだろうよ。結婚は破談にしたほうがいい。ノエラのことはともかく、パーティが中止になってよかったってぼくは思ってる」

ロイはむすっとしている。自分のことをたくさん話したので、ちょっと照れているようにも見える。

「――で、あの首飾りとメイベルさまは、ロイさまの目には、どう映りましたか?」

そして、わたしはさりげなく話を変えた。


「首飾りは本物だと思うね」

ロイはあっさりと答えた。

上流階級の人間というのは――あるいは作家というのは、うまい言葉を使うものである。ひとことも名前を出さずにメイベルをけなしてみせる。首飾りは本物だと思うね!

「あの首飾りは、メイベルさまが言われたとおり、ノエラさまからいただいたものだったんですか」

ロイは肩をすくめた。

「メイベルとアガットはそう言ってるけど、口頭の約束だったらしいから、確かめる方法はもうない。ただ、メイベルはパーティやなんかでも首飾りを何回かつけていて、ノエラも一緒だった。兄貴が首飾りを誉めたときも、ノエラはにこにこしていたっていう。──つまり、これはウエイリー家に代々伝わるものだ、というような話になったとき、ノエラも否定しなかったんだ。すばらしいわ、って一緒になって言ってたって」

「エリザベスは、ノエラさまが首飾りを手放すなんて、ありえないと言っていましたけど。あの首飾りは、ノエラさまのお母さまの形見だから」

「メイドなんかにわかるわけが……じゃない、他人にはわからないだろ、ノエラの気持ちは。メイベルからとりあげたり、貸さないでいることだってできたのに、ノエラがそれをしなかったことは事実だ」

考えられるとすれば──。

「──ノエラさまとメイベルさまは、共謀《きょうぼう》したのかもしれませんね」

わたしは、言った。

ロイは、わたしを見た。

あるいはロイも、同じことを思っていたのかもしれない。

「共謀――ふたりして、兄貴を陥《おとしい》れたってわけか」

「ええ」

わたしは、うなずいた。

あるいは、アガットも含めて三人が共謀した、といってもいいかもしれない。

男性をうまく騙《だま》して婚約まで持ち込むのを、謀《はか》る、といえればだが。

そんなのは多かれ少なかれ、女の子はやっていることである。

わたしが、ロイと会うまえに、こっそりとまつ毛をカールさせているように。

「ディヴィッドさまは、あの首飾りをつけたメイベルさまに魅了されたのでしょう。つまり、あの首飾りが象徴する、ウエイリー家の伝統と格式にね。だったら、これはウエイリー家に代々伝わるものだとほのめかし、結婚するまで、ノエラさまのものだということを黙っておけばいい。ディヴィッドさまはそういうのに弱いですからね。ウエイリー家が破産しそうで、なんとしても婚約を成立させたいなら、ノエラさまはそれくらいの協力はしたと思います。ノエラさまは、メイベルさまのご結婚をとても喜んでいたそうですから」

「なるほど」

ロイは腕を組んだ。

「じゃあ、ノエラを殺す原因もそれかな。たとえば、こういうのはどうだ。――ノエラはここにきて、心変わりした。メイベルを結婚させるためにふたりして嘘をついていたことを、ディヴィッドにばらすって言ったんだ。それを知ったメイベルは、一思いに」

「——そうかもしれませんけれど」

わたしはとたんに、気弱になった。

そうかもしれないが、その嘘はもう不要になっている。

ディヴィッドはすでに、メイベルに夢中だからである。首飾りがあろうがなかろうが、ディヴィッドはこの婚約は覆《くつがえ》さない。

メイベルが、殺すほどその秘密を大切にしていたのなら、あんなにあっさりとディヴィッドに言うだろうか。

なによりノエラを殺すのに、そんなふうな合理的な理由があるのが、メイベルには合わないような気がする。アガットならともかく。

「ノエラさまは気さくで優しい人だったって聞いていますわ。それに、自分だって、これから幸せになるところだったんです。ここに来て、ことを荒立てようとするかしら」

「ノエラは幸せになるところだったのか?」

「恋人がいたんです。たぶん、結婚も決まっていたんです。本当に幸せな人は、人にいやがらせなんてしないものです」

わたしは言った。

唐突《とうとつ》に、メイベルの部屋の風景を思い出した。

暖炉にくべられた、赤い薔薇《ばら》。

仲のいいふたりの女性がいて、ひとりの結婚が決まったら、もうひとりはいい気持ちがしないものです、と言ったのは、アガットではなかったか。

メイベルも結婚するけれど、あまり幸せそうじゃない。――おそらく、ディヴィッドのことをあまり好きではない。

ノエラは、エリザベスがブレイク家の使用人であった、ということを、メイベルにはいわなかった。隠すようなことでもないのに。絶対にいわないでね、とエリザベスに口止めさえした。

仲のいいようにみえて、優しいようにみえて、ノエラはメイベルに自分のことを話していない。

ノエラは、メイベルを信用していなかったのだ。

――ノエラが自分の思うような花ではなかった、とメイベルが知ったのは、いつだったんだろう。

「――どうした、シャノン。急に黙りこんで」

わたしははっとして、顔をあげた。

目の前にはロイがいる。

「すみません、考えていて」

「いいよ。ただ、何を考えているのかは教えてくれよ。ぼくは全部話した。ぼくは、きみの考えを知りたいんだ」

「どうしてですか」

わたしが言うと、ロイは真顔でわたしと向き合った。

「好奇心てやつさ。ぼくは、何が起こったかではなくて、どうしてそれが起こったかということに興味がある。警察は、そんなの教えちゃくれない」

ロイはまったく威圧的でなかった。わたしは、その答えに満足した。

ロイの瞳は知的な好奇心できらめいている。

この瞳をさらに輝かせることが、わたしにはできると思う。

「気になることが、ふたつあるんです。ひとつは遺書。もうひとつは、ノエラさまの恋人のこと。あるいは、ふたつあわせて、ひとつのことなのかもしれませんけれど」

わたしはロイを見つめ、ゆっくりと切り出した。

# 6　青色の恋人

　わたしが玄関脇の小部屋に入っていくと、エリザベスはテーブルに向かって、薄い紙の文字をひとつずつ押さえているところだった。

　さっきまで、贈りものの整理をしていた部屋である。

　部屋のかたすみには封を開けられた贈りものと、バケツにいいかげんに活《い》けられた花が山と積まれていた。

「シャノン、ロイさまのお話は終わったの？」

　エリザベスはゆっくりと顔をあげて、言った。

　まだ元気はないが、少しは立ち直ったようである。

　ノエラの遺体と対面して、思い切り泣いたらしく、目が赤い。

「終わったわ、エリザベス。――招待者名簿のほうはどう？　誰かに心当たりはあるかしら」

　わたしは尋ねた。

　こんな状態のエリザベスに仕事を頼むのは気がひけたのだが、エリザベスしか頼める人間はいなかった。

この非常時にルースがわたしをある程度自由にしてくれているのと、エリザベスが、自分にできることならなんでもする、と言ってくれたのはありがたい。

午前中にせっせと立ち働いて、みんなと馴染《なじ》んでおいてよかった。屋敷の中で事件が起こったときは、主人よりも使用人たちの信頼のほうが大切である。

エリザベスは首を振った

「わたしの知っている人はいないわ。ブレイクご夫妻に友だちはたくさんいたけれど、家にはそんなにお客さまを呼ばなかったのよ。範囲を広げて、ノエラさまが知り合いそうな人、と思って探しているけれど」

「そう……」

「こんなことなら、ノエラさまからもっと詳しく聞いておくんだったわ」

エリザベスは困ったようにつぶやいた。

エリザベスが探しているのは、ノエラの恋人の名前である。

ノエラの恋人は、今夜の招待者の中にいるのではないか、とわたしは思った。

ノエラは昨夜、とても幸せそうだったという。まるで、これから恋人と会うかのように。パーティが終わったら片付くから、もっといっぱい話しましょうね、とエリザベスに言った。

そしてメイベルは、とても不機嫌だった。――家に来たときまでは幸せそうだったのに。パーティの打ち合わせのためにディヴィッドに会って、招待者名簿を見たとたん。

メイベルはそのとき、今夜、ノエラの恋人が来る、と知ったのではないか。

あるいはノエラは、今夜だけは、あの首飾りを返してくれ、わたしがつけるから、と、メイベルに頼んだのかもしれない。ディヴィッドはもうメイベルに夢中だから、この首飾りはもう要らないでしょう？

「ノエラさまのおとうさまは、鉱山を所有していたのよね？」

わたしは尋ねた。

エリザベスは、うなずいた。

「投資家だったのよ。若いころ、軍にいたこともあるんですって。だから、軍人の方かしらって思うんだけれど……。ウエイリー家に行った以降に知り合った男性なら、わたしにはまったくわからないわ」

「わたし、ノエラさまの恋人は、ウエイリー家とは関係のない人なんじゃないかと思うの」

わたしは言った。

今夜のパーティは、ディヴィッドの学生時代の友人が主だ。メイベルも初対面の人ばかりだという。

「ノエラさまとメイベルさまはいつも一緒だったっていうし、アガットは勘がいいわ。ウエイリー家を通じて知り合ったのなら、隠すことは難しいと思うのよ。ノエラさまが誰にも隠して愛を育《はぐく》んで、だけど、エリザベスにだけは話しておきたいって思う相手ですもの。ブレイク家にいた時代の知り合いか、おとうさまの仕事関係の人とかに、どこかで偶然再会して、恋人になったっていう可能性が高いわ。だからこそ、メイベルさまには内緒にしてたのよ」

「でも内緒にしてたのなら、メイベルさまは、どうしてその人がノエラさまの恋人だとわかったの？」

「名前だけは知っていたのよ」

「──よくわからないけれど……」

エリザベスは困惑してつぶやいた。

名簿の最後まで見てみたけれど、心当たりはなかったらしい。

ふたたび一枚目をめくって、指をすべらせはじめる。

わたしは少し、不安になる。

わたしは、間違っていたのだろうか？

メイベルのような淑女《しゅくじょ》、破産しかけているとはいえ名家に生まれ、結婚が決まり、なにもかもに恵まれた少女が、罪をおかす必要があるのだろうか。

あの遺書──。

ノエラの奇妙な遺書が、わたしの思ったとおりのものでないとすると、わたしがこれまで考えていたことはすべて瓦解《がかい》する。

そのとき、扉がとんとん、と大きく叩かれた。

「エリザベス、シャノン！　様子はどう？」

入ってきたのは、ルースである。

手には大きな盆を持っていた。

焼きたてのチョコレートケーキの甘い香りがした。盆にはケーキのほかに生クリームと、温かい紅茶が載っている。

「どうしても料理が余っちゃうんですって。フランクと相談して、捨てるのももったいないから、食べられるものは食べてしまおうってことになったの。早いもの勝ちよ。あなたたち、お昼をちゃんと食べてないでしょ？　持ってきたわ」

ルースは言いながら、エリザベスの持っている招待者名簿に目をやった。

パーティの中止が決まってから、ルースがうんうんいいながら、ひとりずつに連絡をとっていた名簿である。なんとか全員に連絡がついて、中止のお知らせは終えたらしい。

「ありがとう、ルース。招待者の方から何か、こちらに連絡はあった？」

わたしは尋ねた。

「中止の理由を知りたいっていう方はいたけど、言葉をにごしておいたわ。ノエラさまの名誉にかかわるからね」

「そう……」

エリザベスがつぶやいた。

招待者の中にいるにしろいないにしろ、ノエラの訃報《ふほう》は、恋人にだけは教えてやりたいものである。

「あとは楽団の方だけよ。こっちは仕事だから、中止になったからってお金を払わないってわけにはいかないし。とりいそぎお知らせだけして、謝礼は満額、あとでお支払いすることにしたわ」

わたしの気持ちも知らず、ルースは机に盆を置き、紅茶をカップに注ぎはじめている。

「楽団?」

「そう、五人も呼んであったのよ。ディヴィッドさまがダンスの音楽にこだわるから。ピアノとチェロと、ヴィオラ、ヴァイオリンが二人——」

赤い紅茶がカップの中で流れるのを眺めながら、ルースは言った。

わたしはふと、顔をあげる。

「——あ」

もしかして。

わたしは思いあたって、エリザベスをみる。

エリザベスは気づいていないようである。

ルースはわたしとエリザベスを見比べ、目をぱちくりさせた。

空には、はっきりとした月が出ていた。

今日は満月だったのである。夜になってはじめてわかった。

わたしは作りかけの薔薇のアーチの陰で、息をひそめていた。

アーチの向こうは丸いあずまやである。ふたりがけのベンチの上には小さな屋根もしつらえられている。

門からも屋敷からも少し離れ、春になれば四種類の苺《いちご》が実る、この屋敷の庭でいちばん美しい場所である。

パーティがあったとき、恋人たちが抜け出して、こっそりと会うのにもぴったりだ。名家の屋敷というものは、だいたい、庭にこのような場所をひとつかふたつ、用意してある。

「――チャールズさま」

わたしがじっと息を殺していると、ベンチに近寄ってくる人影がみえた。

月明かりに照らされて、はっきりとわかる。

メイベルである。

「ノエラ――じゃないのか?」

うめくような声がした。

男の声である。

彼はベンチに座っていた。すべるように近づいてくるメイベルを認めると、うろたえたような声を出した。

メイベルは、ほほえんだ。

屋敷の中で、きょとんとしているときよりも美しかった。いきいきとしているようにすらみえた。ドレスはやや古ぼけているが、華やかさは隠れようもない。

「ノエラはいませんわ。わたくし、それを教えるために来ましたの。ノエラとわたくしは、とても仲良しなんです」

「ノエラの代理で来られたんですか？」

チャールズと呼ばれた男は、戸惑っている。

地味な男だった。フロックコートの線が体に合っていない。黒髪は格子縞《こうしじま》の帽子に隠れている。

だが小脇に抱えたヴァイオリンと、やわらかい口調が、演奏家らしい上品さを感じさせる。

メイベルは、うなずいた。

「あなたがノエラの恋人なのね。一回、会ってみたかったのよ。よかった。本当に、よかったわ」

メイベルは言った。

「では、あなたは、メイベル・ウエイリー？」

「ええ」

メイベルは、微笑を浮かべた。チャールズのとなりのベンチにそっと腰かける。

体に沿ったドレスのほっそりとした線が、月の下に浮かびあがる。

チャールズは長身だ。メイベルは、広い胸の中にすっぽりと包まれてしまいそうである。

「ノエラに何かあったのですか？」

「気になりますの？」

「ええ。――ぼくは、ノエラと恋人だったんですよ」

男は言い、少しだけ照れくさそうに、鼻をこすった。

「ノエラからは、今日のパーティを抜け出して会う予定でした。でも今日、カルヴァート家から急に、パーティは中止になったという連絡が来たきりで、ノエラからはなんにもないんですよ。だからこうやって、わざわざ手紙をことづけて、ノエラを呼び出したわけです」

「わかりますわ、好きな人と会いたい気持ちは。わたくし、あなたからの手紙を見て、ぴんと来ましたの。それで、申しわけないけれど、封を切らせてもらって」

「ノエラは、メイベル嬢には言っていないといっていたけれど。あなたはぼくのことを、知っていたんですね」

「友だちですもの、わかりますわ。ノエラは恥ずかしがり屋だから言わなかっただけ。――あなたは、ノエラとどうやって知り合ったんですの？」

　メイベルの目は好奇心で輝いていた。これまでに見たことのないくらい――ディヴィッドに会っているときの何倍も、きらきらしている。

　チャールズは戸惑ったようにメイベルを見ていたが、口を開いた。

「ぼくは、ノエラのお父上の演奏仲間だったんですよ。あるパーティで再会してね。ぼくは楽団員のひとりだったので、パーティじゃ話さなかったんだけど、ノエラから手紙をくれて、交際することになったのです」

「やっぱり。わたくし、気づいてましたわ。ノエラに好きな人がいるんじゃないかってことは。ずっと、お手紙のやりとりをしてましたわね。ときどき、こっそりと会ったり。ノエラに尋ねたこともあったんですけど、昔お世話になった人だっていうきりで、ぜんぜん教えてくれなかったわ」

　メイベルは最後の言葉を言うときだけ、少し怒っていた。

「どうしてノエラがわたくしに言ってくれなかったのか、さっぱりわからないんだけど。わたくしは、自分のことはみんな話していたのに」

「あなたには内緒にしたかったんでしょうね」

　チャールズは口を滑らせ、それから、あわてたように帽子を深くかぶりなおした。

「――ノエラはどうしていますか？　ぼくは今日、ノエラがここに来るとばかり思っていたんですが」

「そう――今日は、それをお伝えするために来たんです」

メイベルは少し、悲しそうな顔になった。

「ノエラに大変なことがあったんですわ。それで、パーティが中止になったの。わたくし、そのことをあなたにお知らせしなくては、と思って」

メイベルはゆっくりと言った。

「それは、ノエラが、あなたに贈った首飾りに関係しているのですか？」

ノエラがあなたに贈った、とチャールズは言った。

メイベルはほっとしたように、ほほえんだ。

「ええ、そうなの。あの首飾りは、ノエラが、わたくしに贈ったものなの。あなたはそれを、知っているのでしょう」

チャールズは、戸惑いがちにうなずいた。

「ええ。ぼくはとめたけれど――両親のかたみを、いくら友人に必要だからって、あげてしまうことはないだろうと思ったけれど、ノエラは聞かなかった。この首飾りひとつで、メイベルが幸せになるのならかまわないって」

「ノエラは、とても優しい人だったんです。わたくし、どうしてもあの首飾りがほしくて、ずっとノエラにお願いしていたの。そうしたら、願いを聞いてくれたんです」

メイベルは、ほほえんだ。

「でも、誰も信じてくれないの。変なメイドがいて、わたくしよりもノエラのことを知っているようなふりをするのよ。その首飾りだって、わたくしが無理にノエラからとりあげたようなことを言って。許せないわ。それは誤解よ。わたくし、それを思うと、胸が張り裂けそうになっていたわ。あれは、ノエラがわたくしのお友だちだった証《あかし》なのに」

「ひどいメイドですね。もちろん、あなたは悪くありませんよ」

チャールズが言うと、メイベルはほほえんだ。

「よかった。あなたがそう言ってくださるなら、安心できるわ。わたくし、あのメイドや、ディヴィッドの馬鹿な弟なんかにいろいろ言われたの。あの首飾りを、ノエラからわたくしが奪ったんじゃないか、って思われているようで。もしかして、わたくしが悪かったのかしら？って思ってしまうところだったわ。わたくし、それがとても辛《つら》かったの」

辛そうに、メイベルは言った。――実際、ノエラが死んだことよりも、自分が疑われていることのほうが辛そうだった。

「ぼくはなんでもしますよ、ミス・メイベル。ディヴィッドにも誰にも証言できるし、ノエラからもらった手紙を見せてもかまわない。――でも、そのまえに教えてくださいよ。ノエラはどうしているんです？」

「ノエラは……」

「まさか。死んだ、とかいうんじゃないでしょうね」

チャールズはメイベルを見つめて、言った。

メイベルは顔をあげた。

「どうしてお分かりになったの」

悲しそうな顔で、メイベルは尋ねた。

「勘てやつですよ。ぼくは昔から、勘がいいんです」

「チャールズさまの勘がいいなんて、知らなかったわ」

「手紙には書いてませんでしたからね。あなたがずっと、盗み読みしていた手紙にはね」

メイベルは黙った。

チャールズも何も言わなかった。あたりに沈黙が落ちる。

メイベルは、いまはじめてみるように、チャールズを見た。

「あなた、どなた」

メイベルは、低い声で尋ねた。

「気がつきませんでしたか。——初対面じゃないんですがね。ぼくですよ」

そしてロイは立ち上がり、格子縞《こうしじま》の帽子と一緒に、黒髪のかつらをむしりとった。

わたしは、ため息をつきたくなる。

変装した名探偵登場、といったところだ。

きっと、一回やってみたかったのに違いない。

「ロイ・カルヴァート……さま？」

メイベルは、絵に描いたような驚きの表情で、つぶやいた。

チャールズ――ノエラの恋人であるヴァイオリン弾きに協力してもらって、ノエラあての手紙をメイベルにことづけたのは、わたしである。

差出人のない、ノエラあての手紙が郵便受けに来ているのだけれど、どうしたらいいのかわからないので、メイベルさまにお預けします、といって。八時少し前に。

手紙には、今夜、八時にこのあずまやに来てくれ、と書いてある。

時間ぴったりにここに来た、ということは、メイベルは手紙を届けてすぐに、封を切ったということだ。

きっと、封筒の字で、チャールズだとわかったのだろう。

そして、アガットに相談しないで、ここに来た。

メイベルが、チャールズからノエラ宛《あて》に来ていた手紙と、それからたぶん――ノエラからチャールズにあてた手紙を、ためらいなく盗み読みしたということ。おそらく日常的に、そういう行為をしていたのであろうこと。

――わたしが確かめたかったのは、それだけである。

「どうして？　わからないわ。わたくしは、チャールズさまのお手紙を信じて、ここに来ただけなのに」

「騙《だま》すようなことになったのは悪かったですね」

ロイはメイベルにみせつけるように髪をかきあげた。青の瞳は、月に照らされて酷薄《こくはく》そうに光っている。

「でも、あなただって勝手に人の——それも、亡くなった人あての手紙の封を開けたんだから、人のことは言えませんよ」

「アガット——」

「アガットはここにいませんよ。助けを求めても無駄です。もうすぐお客さんが来るんでね。居間で準備を手伝ってもらっているんです」

ロイはあっさりと言うと、メイベルの手をとった。

そのままメイベルの腕をとって、自分の腕にかけさせる。

それから、思いついたように付け加えた。

「シャノンなら、そこにいますがね」

できるなら、ずっと隠れていたかったのに。

ロイが紹介してしまったので、わたしはしぶしぶアーチの影を抜けた。

メイベルは、目を見開いた。

「あなた——メイドなのに？」

信じられなかったようだ。まさかメイドが――アガットに似たわたしが、主人に向かってたくらみを持つとは思ってもみなかったのに違いない。

そのことに対しては、わたしは反論することができる。

わたしは、あなたのメイドではありません。

メイベルは、自分が頼っている相手は、誰でも献身的に自分に尽くすもの、と思っているようだが、使用人にも選ぶ権利はあるのである。

いつのまにか、屋敷の玄関から灯りが漏《も》れてきていた。

どうやら、ロイのいうところのお客さんが到着したようである。


「こんにちは、クレッグさま」

客たちはもう到着していた。

玄関でフランクにコートを預けていたクレッグ警部は、わたしを認めると、大げさに手を広げた。

「おお、シャノン！　元気か。会えて嬉しいよ。まさか、今日のうちに再会するとは思わなかった！」

「大げさですわ、クレッグさま。今日の朝、ごあいさつしたばかりだというのに」

わたしは言ったが、クレッグ警部は気にすることもなく、わたしを抱きしめようとする。

わたしはあわてて、クレッグ警部の胸を抜け出た。

クレッグ警部が、わたしを実の娘のように——実際、父よりもわかりやすくかわいがってくれているのは事実だけれど、わたしは、いまはカルヴァート家のメイドであって、クレッグ家の使用人の娘ではないのである。

クレッグ警部からはいつもの葉巻の香りがした。

わたしは、クレッグ警部とは、父とともに十年一緒に暮らした。体重はいくらか増えたようだが、人なつこいところは十年前から変わらない。

警察官から警部に昇進しても、彼が独身のままでいるのは、父が優秀すぎるからだと思わなくもない。

「おとうさまは何かおっしゃってました？」

小山のようながっしりとした肩を眺めながら、わたしは尋ねた。

「ナッシュにもいちおう電話してみたんだが、かたまり肉を焼いている最中だから、それどころじゃないといわれてしまった。シャノンが働いている家なんだから、もっと関心をもってもいいと思うんだがねえ。融通《ゆうずう》のきかんやつだ」

「警部、この方は」

うしろにいた、警部の部下らしい男が小さな声でささやくと、クレッグ警部はふりかえって、ああ、とつぶやいた。

「うちの使用人の娘だよ、ジョナス。シャノンというんだ。かわいいだろう。小さかったもんだが、立派なメイドになって」

ふたりの部下の顔が、急に緊張したものになる。

「では、この方は……ナッシュどのの」

「そうそう、ひとり娘なんだ」

「そうでありましたか」

わたしのうしろには、いつのまにか人が集まってきていた。

ロイとディヴィッドは妙な顔でわたしを見ており、わたしはあわてて、話を変えた。

「で、お願いしたことは、調べていただけましたか」

「ああ、もちろん」

クレッグ警部はわたしに向かって、片目をつぶってみせた。仕事中だというのに！

こういう人だから、おとうさまはついつい、クレッグ警部に余計なおせっかいを焼いてしまうのだ。

「――勝手に話をすすめないでくれないかな、シャノン」

ロイが割って入った。

「そのとおりだ。警部だかなんだか知らないが、ここは私の家なんだから」

「兄貴の家じゃない。ぼくのだ」

「——ああ、すみませんね。カルヴァート氏——もちろん、私どもはあなたに従いますよ。もう事件は解決しましたからね」

クレッグ警部は言った。

ディヴィッドはロイからメイベルを受け取っていたが、メイベルはうろうろと視線をさまよわせている。廊下《ろうか》の向こうからアガットが来ると、ほっとしたように、やっと笑顔になった。

アガットはつかつかと歩いてきていたが、クレッグ警部の言葉をきいて、ぴくりと頬を動かした。

「解決しましたの」

アガットは言った。

疑っているようにも、ほっとしているようにも見える。

アガットはディヴィッドからメイベルをさりげなくひきはがし、自分の横に並ばせた。

「そんなに難しいことではありません、とても単純な話です。アガット」

わたしは言った。

ええ。おとうさまが、ロンドン警察に名前をとどろかす名警部、ジョン・クレッグのために解いてきたさまざまな謎に比べれば、ぜんぜん。

ロイ、ディヴィッド、メイベル、アガット——。

ここは、使用人たちも呼んだほうがいいわ、とわたしは思った。

パーティ階上になるはずの部屋では、クリスマスツリーの飾りの撤去《てっきょ》が終わって、広々とした部屋に長椅子を並べているはずである。

ちょっと趣向《しゅこう》は違うけれど、パーティの準備が役にたった、といえなくもない。

「では、部屋に移動してくださいな、みなさま」

わたしは一同に呼びかけ、それからロイを見て、付け加えた。

「——すべては、ここにいる高名な作家がお話しいたします」

ロイはわたしの言葉を了承した証《あかし》に、軽く肩をすくめ、ゆっくりと部屋に向かって歩いていく。

# 7　小説家は名探偵——はじめてにしてはまずまず

「さて」

と、ロイが言った。

言わせたのはわたしである。

場所は、ベリーカルテットの、いちばん広い客間である。

長椅子《ながいす》には毛布やたくさんのクッションがしつらえられている。ツリーに飾りはないが、白い花を選んで飾りなおしたので、居心地悪くなく仕上がっている。

ロイは暖炉《だんろ》の前にいる。あちこちに置かれた椅子には男女が座り、彼の言葉を待っていた。

中央にある長椅子にはメイベルとアガット。

メイベルは少しきょとんとした表情で、アガットの手を握っている。

その横にはクレッグ警部と、その部下がふたり。

そしてそのうしろに、木の椅子やスツールに座った使用人が五人いる。

フランク、ルースとデイジー、エリザベス。それに、わたしだ。

フランクとルースとデイジーは困惑ぎみに目を見交わし、エリザベスは思いつめたような顔で、じっとメイベルとアガットを見つめている。

本来、こういうときに使用人は呼ぶ必要はなく、フランクは、私も同席するのですか、と不思議そうにきいてきたが、ロイは当然のようにうなずいて、彼らを呼んだのである。

アガットは何も言わなかった。軽蔑《けいべつ》したような目でロイを見て、自分から椅子に座ったのである。

そして、ディヴィッド。

この中では、ディヴィッドがいちばん、居心地が悪そうだった。

使用人に命令してみたり、メイベルの手を握って、メイベルだけは家に帰したほうがいいんじゃないのか、とロイとこそこそと話したりしていたようだが、ロイと軽く言い争ったあとで――父親に何かを言うとかなんとか――結局、部屋で話をきくことに同意した。

本当はメイベルの横に座りたかったらしいのだが、メイベルは長椅子のすみに座り、となりにアガットがいて、座る場所がなかったらしい。婚約者同士だというのにおかしなことだ。

「――とにかく、言いたいことがあるなら早くすませてくれないかな、ロイ」

ディヴィッドはロイといちばん近い場所にある、ひとり掛けの椅子に座っていた。

ロイのもったいぶった口調にイライラしたように、早口で言う。

「知ってのとおり、私は忙しいんだ。明日の午後には会議があるし、目を通しておかなきゃならない書類もある、パーティが中止になったのなら、早く仕事に戻りたいんだよ」

「婚約者を置いてか、ディヴィッド？」

「メイベルは私が連れて帰る。花嫁だからな」

「なるほどね」

ロイは皮肉っぽく肩をすくめた。

ロイはディヴィッドには答えず、これまでのことがなかったかのように、前に向き直った。

「さて、みなさん。ここに集まってもらったのは、最初にお伝えしたとおり、ノエラ・ブレイク嬢の冥福《めいふく》を祈るためです。知ってのとおり、彼女は今日の昼に、この屋敷の寝室で亡くなった。実に残念なことだ。彼女はすばらしい女性でした。若く美しく、未来への希望に満ちあふれていた。しかし、彼女の人生は、必ずしも幸せなものではありませんでした——」

「ノエラさまの人生について、ここでいちいち説明する意味がありますかしら」

冷たい声でロイの言葉をさえぎったのは、アガットである。

アガットはあいかわらずだった。黒髪をうしろに固くひっつめて、特別あつらえらしい、黒のドレスを着ている。静かな一言でまわりの注目を集め、従わせることができるのは、長年の訓練と、もってうまれた資質というものだろう。

「それがあるんですよ、アガット。なにしろ、ノエラ嬢の生い立ちというのが、この事件の大きな鍵《かぎ》になるんですから」

ロイはアガットの雰囲気《ふんいき》にまどわされることはなかった。抑揚《よくよう》たっぷりに手を広げて、うっすらと笑ってみせる。

ロイもまた、なにやら注目を集める才能はあるようである。

わたしは感心し、自分の判断が間違っていなかったことを確信した。この役は、わたしにはつとまらない。

「ノエラの生い立ちなら知っている、ロイ。両親が事故で亡くなり、ウエイリー家にひきとられたんだ。それ以外に何が必要だっているんだ」

「要点をありがとう、兄さん。でも、それだけじゃない。ブレイク家――ノエラのご両親というのは資産家だったんですよ。父親が若いころに買っておいた鉱山が当たったものでね。でも彼は欲深くなかったから、生涯《しょうがい》生活できるだけの収入を確保したら鉱山を売りはらって、引退して、妻と娘とのつつましい三人暮らしを選んだんです」

「すばらしいことだと思うが、今回の事件とは関係ない」

「ありますよ。ご両親が亡くなったあとで、ノエラ嬢はウエイリー家に引き取られた。メイベル・ウエイリー嬢の友だちとしてね。でも、彼女はウエイリー家に養われていたんじゃない。ちゃんと自活できるだけの資産は持っていて、成人になるのを待っていただけだったんです。一方、ウエイリー家のほうといえば――」

「わたしどもの家のほうまでお調べになったんですの？」

アガットが言った。

ロイは、アガットを見つめた。

「もちろん。最初に言ったでしょう、ぼくがロンドンから帰ってきたのは、兄の婚約者の素性《すじょう》を確かめるためだってね。兄さんが美女との恋愛に有頂天《うちょうてん》になって、肝心《かんじん》なものを見ていないような気がしたんでね」

「――ウエイリー家の資産状況については、知っていたさ」

苦い声で、ディヴィッドが言った。

同時にメイベルに視線を走らせるが、メイベルはディヴィッドを見ていなかった。まるでいないかのように、知らんぷりをしている。

わたしは少しだけ、ディヴィッドがかわいそうになる。

ここはメイベルが、資産なんか関係ないわ、わたくしたちは愛し合っているのよ、と叫ぶべきだろうに。

「しかし、私は資産と結婚するわけではない。おまえも知ってのとおり、カルヴァート家は嫁の持参金に左右されるような家ではない」

「なるほど。兄さんが本当にそんなロマンティストだったら、ぼくも楽なんだけどな。兄さんは資産には興味はないけど、名門の家柄は大好きでしょう。カルヴァート家はその点、ちょっと劣るから。逆に言ったら、いまやウエイリー家には家柄以外は何もないといえる」

「――失礼ですわ、ロイさま」

「失礼なのは性格でね。気にさわったらすみませんね」

　ロイはアガットの声に軽く肩をすくめてみせた。

「兄さんは、父さんにはウエイリー家の実情について話してません。かわりにこう言ってる。ウエイリー家には、すばらしいサファイアの首飾りがある。メイベルは結婚したらそれを持ってくる。持参金としてはそれだけでじゅうぶんだろう、ってね。父さんは了承したけれど、なんだか妙な感じはしているようですよ。だから、ぼくはこの屋敷に来た。正式な婚約をするまえに、そのサファイアが本物かどうか――ひいては、メイベル・ウエイリー嬢が本物なのかどうか、確かめてみようと思って。旅行先からわざわざ帰ってきて、兄さんには急な仕事を言いつけて、この屋敷から出ていってもらってね」

「だから、ディヴィッドは帰ってこなかったのね」

　メイベルがつぶやいた。

　メイベルは怒っても、おびえてもいなかった。ただ感心したようにロイの言葉を聞いている。ディヴィッドはちょっと情けないような顔でメイベルに目をやる。

「あなたになんの判断ができるというんです？　ロイさま、失礼ですが――」

「ぼくはただの小説家ですよ。でもだからといって、見る目がないわけじゃない。――あのサファイアは、ノエラ・ブレイク嬢の持ち物だったんですね？」

ロイは言った。

視線をゆっくりとまわし、最後に使用人たちのところに来る。エリザベスと目を合わせると、ぴたりと止まった。

エリザベスはロイを見つめ、うなずいた。

「――そのとおりですわ、ロイさま。あのサファイアは、ノエラさまが、ブレイク夫人から受け継いだもので――」

「そして、ウエイリー家に世話になるにあたり、メイベルさまに譲《ゆず》り渡したのです。よくあることですわ」

「そんなはずないわ！　だって、ご両親の形見ですもの。ノエラさまが手放すはずがないわ！」

アガットの言葉をさえぎるようにして、エリザベスが叫んだ。

「あれが形見かどうか、などということは知りません。わたしにいえるのは、ノエラさまがサファイアをメイベルさまに譲り渡したということだけです。知ってのとおり、おふたりがそろって出席するときも、メイベルさまはサファイアをつけておりました。――そのことは、ディヴィッドさまのご結婚にも、この事件にもまったく関係ないでしょう。ディヴィッドさまは首飾りが誰のものだろうと、婚約を決めたでしょうし」

「そ、それはもちろん」

デイヴィッドは言って、またしてもメイベルを見たが、メイベルは知らんぷりをしている。

……ちょっとかわいそうなくらいである。

デイヴィッドを尻目に、ロイが言った。

「ノエラがサファイアをメイベルに譲ったのか譲ってないのか。ただ貸しただけなのか。そんなことはどうでもいいですよ。ぼくが言いたいのは、あのサファイアはもとはブレイク家のものだったということ、そして、ウエイリー家がいま、破産しかかっているということです。メイベルさまのご両親はいま、フランスに行っていらっしゃる。おそらく、メイベル嬢の婚約が整うまで、帰ってこないのでしょう。つまり、娘の夫が、自分たちの借金を返してくれるめどがたつまでね」

「それが、ノエラさまの自殺とどういう関係がありますの」

沈黙を破ったのは、またしてもアガットだった。

「確かに、ウエイリー家の経済状況は厳しいものでしたし、サファイアがもとはノエラさまのものだとはデイヴィッドさまにはお伝えしていませんでしたわ。しかし、今回のこととはまったく関係がありませんでしょう。——ノエラさまは、自殺なさったんですから」

「関係は大いにありますよ」

ロイは言った。

「だって、ノエラには死ぬ理由がまったくないんですからね。首飾りをはじめとして、ノエラには資産があった。恋人もいて、死ぬ前日はとても幸せそうだったそうですよ」

「それは表面的なものですわ。ノエラさまはひとりで薬をあおって亡くなっていました。遺書もありましたし、不自然なところはないはずです。もしも理由がないとおっしゃるなら、あの遺書はどうお考えですの」

アガットは冷たい声で言った。

「遺書って、自分から言いましたね。アガット」

ロイは、にやりと笑った。

「不自然さはありましたよ。ぼくは発見者のひとりですから、何もかも、最初にみているんです。たとえば、ベッドのシーツの皺《しわ》が不自然だったりとかね。それから、この遺書です」

ロイは言って、クレッグ警部に視線を移した。

クレッグ警部は部下のひとりから、折りたたんだ紙を受け取って、それをロイに渡す。

ノエラの遺書とされている紙である。遠目にみてもわかる。

アガットが妙な顔をする。

最初に遺体を見つけたとき、ロイがあれを読んでいたかしら、と思ったのに違いない。

実際にあのとき、なにもかも見ていたのはわたしである。

　ロイはクレッグから受け取った遺書に目を移し、重々しく口を開いた。

「わたしはずっと幸せでした。辛《つら》いこともあったけれど、なにもかも自分で選んできたことです。後悔はありません。だから、メイベルを責めないで。わたしは彼女の幸せを心から祈っています。これはわたしが自分でくだした結論であり、選択です。大丈夫。わたしはわたしの手によって、すべてのことを終わらせます。ノエラ」

「――そんな文面でしたかしら」

　アガットが言った。

　ロイはうなずいた。

「そうです。不自然じゃありませんか？　わたしは大丈夫です、なんて、遺書に書きますかね」

「わたしの手によって、すべてを終わらせますとありますわ。これは、まごうことなき遺書でしょう」

「そうですか。ぼくが、これを読んで思ったのはですね――これは遺書ではなくて、誰かからの質問に対する返事じゃないか、ってことですよ。誰かがノエラに、メイベルはひどい女だ、あなたは大丈夫なのか、と尋ねる。ノエラの答えがこれです。自分が選んだことだから後悔はしてない、メイベルの幸せを祈ってる。わたしは大丈夫です――」

「失礼ですわ、ロイさま。メイベルさまもここにいるというのに」

「そうですか。だったら、はっきりと言いますよ。つまりね。この遺書は、手紙なんです。それも、誰かが書いた手紙に対する返事です」

ロイは言って、ぐるりとあたりを見回した。

「ノエラは筆まめだったようですね。手紙をよく出していた。令嬢ですから当然、出しにいくのは使用人です。メイドに、これを出しておいてと頼むのです。しかし、そのメイドが、こっそりとその手紙を開けて読んでいたらどうです？　そして、それを出さずにしまいこんでいたとしたら。そうして、その相手からのものも、ノエラに渡すまえにこっそりと読んでいたとしたら」

「そんなことをする使用人は、ウエイリー家にはおりません」

「どうですかね。ぼくは破産の憂《う》き目にあった貴族たちのことを見てきたけど、主人の家が傾くと使用人たちのモラルも落ちるもんですよ。まして、遠縁だから引き取っただけの地味な娘に、家の――この場合は、ウエイリー家のひとり娘の、って言っていいですかね――未来を握られているとなれば、そうも言っていられなかったんじゃないでしょうか」

「ノエラさまには親戚《しんせき》はおりません。いったい、誰にお手紙を書くというんですか」

「野暮《やぼ》なことを言うもんじゃありません、アガット。若い女性がまめに手紙を書く相手となれば、恋人に決まってるじゃありませんか。名前はチャールズと言います。彼女の父親の友人で、ヴァイオリン弾きの青年ですよ。ぼくは彼から話を聞いています。彼は今日、このパーティに来る予定でした」

ロイは言った。

「ぼくは、彼から手紙を見せてもらいました。彼が出した手紙、そして、ノエラから来た手紙の流れをね。ノエラは、結婚してウエイリー家を出るつもりだったんです。しかし、破産するウエイリー家を見捨ててはいけない。そのためにメイベルの結婚をすすめ、メイベルが欲しがったので、形見の首飾りを譲りさえした。彼女は、友だちという名目で、ウエイリー家の世話になるのをやめたかった。つつましくてもいいので、誰の手も借りないで、再出発したかったんです。わたしはわたしの手によって、すべてのことを終わらせる——というのは、そういう意味です。ちょうど、彼が出した手紙の返事になってる。しかし、この遺書にあたる手紙は、彼には届いていません。誰かの手によって、盗み取られたのです」

いまや、言葉ははっきりとアガットに向かっている。

わたしのとなりにいるルース、そしてフランクは言葉もなくロイを見つめていた。

ディヴィッドは口をはさまなかった。顔色が青くなっている。

しんとした空気の中で、暖炉がぱちぱちと音をたててはぜた。


「ノエラ嬢が亡くなったのは今日の昼です」

そして、ロイはアガットからふいと目をそらした。

アガットではなくて、わたしたちに向き合う。

「昼食を持っていったら、返事がなかった、ということですね、エリザベス?」

「ノエラさまは体が丈夫じゃなかったんです。朝にコーヒーをお持ちして、薬を飲んだら少し休むから、昼食は軽いものを、遅めに持ってきて、と言われました」

エリザベスが言った。

アガットは一瞬、殺したいような目でエリザベスを見たが、何も言わなかった。

「そう。朝食からあとのことはぼくたちにはわかりません。ただ、エリザベスが何回も扉を叩いたのにノエラは返事をしなかった、というだけです。朝食のあとに、ノエラは毒薬を飲んだんです。知らないうちに薬のケースに入っていた、というのは不自然です。無理に飲ませられたんでしょうね。吐き出さないように、口を押さえて」

「つまり……」

ディヴィッドがおそるおそる口を開く。

「ノエラは、殺されたんですよ」

ロイは、あっさりと答えた。

「ノエラは今日の午前中には亡くなっていた。犯人はノエラを殺したあとで、持っていた手紙を遺書に見せかけて置き、部屋の鍵を閉めて外に出たのです。本当はもっと早くに発見するべきだったけど、アガットにはばまれて、誰も部屋の中に入れなかった。ぼくとシャノンが強行突破するまでね。どうしてアガットが、ノエラを死んだあとで隠していたのかわからないんだけど」

それは違う、とわたしは思う。

アガットは、隠してはいなかった。

アガットは、面接《オーディション》をしていたのだ。

ノエラが死んだ以上、そして自殺を装った以上、誰かに発見されなくてはならない。

彼女の恋人が来る、パーティの前に。

アガットでもメイベルでもない第三者――できるなら、カルヴァート家の人間に、ことを荒立てないように誘導する。それさえうまくやれば、すべてを乗り切れる。

発見者を誰にするか、アガットは少ない時間で見極めようとしていたのだろう。

いちばんいいのはディヴィッドである。メイベルにべた惚《ぼ》れで、アガットのいうことを聞く。きっとおおごとにしようとはしないだろう。カルヴァート家の専属の医者なら、家名に傷をつけないために、なんとでも診断してくれる。

アガットはディヴィッドを待っていた。

しかし、ディヴィッドは来ない。ぎりぎりまで帰ってくるのを待っているうちに、メイドたちが騒ぎ出したので、仕方なく、自然に発見してくれる、ほかの人間を探した。

ノエラづきのメイド、エリザベスはどうか――ダメだ、妙にノエラに肩入れしているようだから、騒がれて、疑われてしまうかもしれない。

ロイは論外、行動が読めない。

フランクは真面目《まじめ》だから、すぐに警察を呼んでしまうのに違いない。

ルースはたぶん、アガットが苦手なタイプのメイドだ。いいかげんなようでいて勘がいい。仕事ができるのかできないのかわからない。

デイジー――彼女ならことなかれ主義だし、穏便にすますということの意味をわかっている。ちょうどいい。

だから、ノエラさまのために昼食を持ってきて、と命令した。

しかしノエラさまの部屋に行ったのは、デイジーでなく、今日入ったばかりのメイド、シャノン――わたしだった。

わたしは、わたしについてアガットがどう思ったのか知りたいと思う。若いから、何も知らないから、くみしやすいと思ったのか。それともちょっとは警戒したのか。

どちらにしろアガットは、主人からうけおった仕事を完璧《かんぺき》にしようとしていただけだ。

わたしはこの考えに限っては、ロイに言わなかった。きっと理解できないだろうと思って。

ロイは軽く息をつき、ディヴィッド、そしてルースに向き直った。

「昨夜《ゆうべ》、兄さんはメイベルに、招待者名簿を見せたそうですね」

「ええ、そうですわ。今日のお客さまの名簿と、パーティの次第と、演奏曲目を」

ルースがはきはきと答えた。

ディヴィッドはまだ、メイベルを見ていたが、注目をあびてしぶしぶと口に出す。

「久しぶりに会ったし、それほどこみいった話はしていないが――パーティの話はした」

「なるほど。犯人はそれを見て、あることを知って、殺すことを決めたんだと思いますね。つまり――ここに、チャールズの名前がある。楽団の第二ヴァイオリン、チャールズ・シムズ、とね。ノエラの恋人です。そして、ディヴィッドの学生時代の友人でもある」

「――ノエラの恋人が来るからって、どうしてノエラを殺さなければならないの？」

声を開いたのは、メイベルだった。

一同は、声を呑《の》み込む。

メイベルの声は、そのたたずまいと同様に、鈴のように深く澄んでいる。

「彼はね、ノエラがメイベルに、首飾りを譲り渡すことに反対していたんですよ」

ロイは、幼い子に言ってきかせるような口調で、言った。

「彼は、パーティに首飾りをつけて出るのはノエラであるべきだ、と考えていた。今日、自分とノエラの婚約を明らかにしようとしていたんです。そして、メイベルがディヴィッドを騙している、とディヴィッドに忠告しようとしていた。そうなったら、せっかくのパーティが台無し、メイベルの婚約も破談になってしまうかもしれません――そうだ。ノエラが死ねばいい。

仮にノエラが自殺すれば、パーティも中止になるし、首飾りも晴れて自分のものになる。一石二鳥のすばらしい考えです」

「ばかげてますわ、第一、そのチャールズとかいう男がなにをしようとしていたかなんて、わたしたちはまったく知りません」

「それが知っていたんですよ。あなたたちは、チャールズからノエラの手紙、そして、ノエラからチャールズにあてた手紙を、盗み読んでいたんですからね。だからこそ、チャールズが今日、ノエラにあてて手紙を出したとき、メイベルはためらいなくそれを開けて、約束の場所へ来たんです。メイベルは言いましたよ。──この首飾りはノエラが自分に贈ったもので、それをあなたは知っているってね。手紙を読んでないのなら、どうして、チャールズが首飾りのことを知っている、ということがわかったんですか？」

「ばかげてますわ」

「でもね、この遺書はどう考えても、ノエラからチャールズにあてた手紙の一部なんですよ。以前から、たびたびノエラからの手紙が届かないことがあった、とチャールズは感じていたようでね。チャールズからの手紙は届いていたみたいなんですが。むしろこれがあったから、ノエラを殺して、自殺に見せかける、というアイデアが出たんじゃないですかね」

「郵便事故はいつでもあります。ロイさまがこれまでお話しされたことは推測です。証拠はなにひとつありません」

アガットは言った。

唇を引き結び、轟然《ごうぜん》と顎《あご》をあげて、あたりを見回す。

「お言葉ですが、ミセス・アガット――ひとつ、私のほうから、見てもらいたいものがあるんですがね」

そのとき、それまで口をはさまなかったクレッグ警部――わたしの父の主人が、朴訥《ぼくとつ》とした口調で、口をはさんだ。


クレッグ警部がポケットから取り出したのは、瓶《びん》だった。

手のひらよりも少し大きいくらいの、透明な瓶である。

中には大きめの白い錠剤《じょうざい》が、半分くらい入っている。

「農薬の一種ですが、致死性はすこぶる高い。庭師がねずみや虫を殺すのに使うそうです。ウエイリー家の庭師も例外じゃない」

クレッグ警部は、ゆっくりと言った。

「それがどうかなさいまして」

「今日、ウエイリー家の庭師に確かめたところ、これと同じ毒薬の瓶がひとつ、盗まれていた、ということが判明しました」

アガットが、目を見開いた。

クレッグ警部は言った。

「数日前に、この瓶が置いてあった納屋《なや》に、こっそりと入り込んでいた女性を見ていたものがいましてね。その女性というのは、お屋敷の令嬢です。たまたま、鍵を閉めるのを忘れていたときだそうですが、見ていた使用人はそんなところに毒があるなんて知らないから、好奇心で入り込んだんだろうと思って、とがめることもなかったそうです」

「きっと見間違いでしょう。最近の庭師はまったくなっていない――」

「あなたの気持ちはわかりますがね、彼女が毒を手にいれていたのは事実です、アガット。ウエイリー家の彼女の部屋に、瓶がありました。この毒薬がノエラが使ったものと同じものなのかどうかは、調べてみないとわからないですが」

「なぜ、勝手にお嬢さまの部屋を」

アガットは怒りを抑えきれない声で、言った。

「まあ、正直、私どもとしては、理由よりも方法のほうが大事なわけでして。そこの作家先生とは違って」

「どっちにしろ、言い逃れはできないと思いますがね。ノエラの部屋の鍵をもっていたのは、フランクを除けばあなただけだったんですからね。アガット。――メイベル」

ロイはゆっくりと、メイベルを見た。

アガットはしばらく黙っていた。

メイベルが、ふう、と大きな息をついた。

「──わたくし」

「──わかりましたわ」

メイベルの声をさえぎるようにして、アガットが口を開く。

「──あの毒を手にいれたのは、お嬢さまなのでしょう。わたしはお嬢さまの部屋で瓶を見つけました。見たことのない薬でしたので、危ないと思って、中の薬を抜き取りました。そして今回──ノエラさまの薬を準備するときに、うっかり、混ぜてしまったのです。そのことに気づいたのはノエラさまの亡くなったあとです。──今回の事件は、わたしの責任です」

「ほう。では、その瓶の色は？」

ロイが尋ねた。

アガットは眉《まゆ》をひそめて、ロイを見た、

「色？」

「瓶から薬を抜き取ったのなら覚えているでしょう。実際は、警部が持っているのと同じ瓶じゃないんですよ」

ロイは、涼しい顔で言った。

「いちいち瓶の色なんて覚えていませんわ。ただ、お嬢さまの部屋にあったものを片付けようとしただけですから」

「おかしいですね。実は、瓶になんて入ってなかったんですよ。瓶の形をしたピルケースに入っていたんですからね。ガラスのね。それなのに、どうして瓶から薬を抜き取ることができるんです?」

アガットはロイを見つめ、低い声で答えた。

「——そうでしたわ。あれは、ピルケースでした。

「間違えました。本当は宝石箱でした」黄金色の宝石箱に入っていたんですよ、蓋《ふた》には大きな苺《いちご》のマークが書いてありました。あなた、あの苺模様を、もちろん見たんでしょうね?」

ロイは言った。瞳が残酷《ざんこく》に輝いている。

わたしは眉をひそめた。

犯人を追い詰めるのが楽しいのはわかるが、やりすぎである。

「嘘つきだわ、あなた。アガットを苛《いじ》めないで。毒薬の瓶に、苺のマークなんか書いてあるわけないじゃない!」

そのとき、空気を切るように、声がひびいた。

声の主は、メイベルである。

わたしははじめて、メイベルがアガットを守ったところを見た。

「わたくしはただ、ノエラのことが好きだっただけなのよ。だから、許せなかったの」

メイベルは静かに、ロイに向き直った。

「理由を、聞かせてもらえませんかね。メイベル」

と、ロイは言った。

ぱちぱちと暖炉がはぜている。誰も、口を聞くものはいなかった。

「理由？」

「そうですよ。ぼくはずっと、不思議だったんだ。ウエイリー家が破産状態にあることはわかった、ノエラの首飾りで、見てくれにだまされやすい兄貴をまんまとひっかけて、それを知られるのがあなたのプライドにかかわるのも理解できる。このパーティにチャールズが来るというので、あなたが焦ったであろうことは、想像に難《かた》くありませんよ」

ロイはメイベルをまっすぐに見つめて、言った。

「でもなにも、ノエラ・ブレイクを殺すことはないじゃないですか。彼女は、あなたがディヴィッドと結婚するのに協力したし、大切な首飾りを譲った。いい娘さんじゃないですか。あなたの幸せを心から願っていたんですよ。手紙を読んでいたのなら、知っていたでしょう。友人同士で、ふたりともに幸せになろうとしていたんです」

「ふたりとも幸せですって――！」

メイベルは言った。

なんでこんなに簡単なことがわからないのだろう、とでも言いたげだ。怒っているようにも、笑っているようにもみえた。

「そんなの嘘だわ。ノエラは、自分だけ幸せになろうとしていたのよ」

メイベルはロイを見つめ、激しい声で言った。

「わたくしは家のためにディヴィッドなんかと結婚するのに！　ノエラがすすめるから、ノエラと一緒にいられるから、結婚を決めたのに、自分は勝手に幸せになろうとして。ブレイク家なんて、ウエイリー家とは比べ物にならない、誰も知らない家なのに、わたくしを捨てるのよ。友だちなのに、何ひとつ、わたくしに教えようとしないで！　みんな秘密にして！」

「――だから、手紙を盗み読みしたのですか」

「ノエラの手紙を読むことのどこがいけないのか、わからないわ。ノエラはわたくしのためになんだってしてくれたわ。形見の首飾りだってくれた。わたくしはノエラが大好きだった。それなのに。わたくしが地獄のようなパーティに絶望しているのに、ノエラはわたくしを放って、彼に会えるからって、ひとりでうきうきして！」

メイベルはいらだったように両手を握りしめた。

ディヴィッドは言葉を失っている。顔が青ざめ、血の気が引いていた。

「それが、殺した理由ですか」

ロイが尋ねた。

あたりは、しんと静まり返っている。

「――そうよ」

「お嬢さん、同行願えますかな」

クレッグ警部が言い、警部の左右にいた部下が、音をさせずに立ち上がった。

ひとりがメイベルに手をかける。

メイベルはゆっくりと立った。さからわず、目を伏せて従う。

最後まで、ディヴィッドのことは見なかった。

「――お待ちください」

声がかかった。

確かめるまでもない、声の主はアガットである。

「わたしも行きます。わたしが、計画を立てたんです。お嬢さまには罪はありません」

アガットはメイベルをかばうようにすっくと立つと、クレッグ警部に向き直った。

「それは、裁判で明らかになることでしょう」

「では、裁判まではご一緒できるということですわね」

クレッグ警部はアガットをじっと見た。

「連れて行け」

顎《あご》で部下に命令すると、もうひとりの男が、アガットを立たせた。

クレッグ警部はアガットに目をやり、哀れむように付け加える。

「とはいえ、あなたが主犯だと判断されることはないと思いますがね、ミセス・アガット。あなたならもっとうまくやりそうだ」

「でしたら、同じ房に入れてください。わたしがメイベルさまのお世話をいたします」

クレッグ警部はため息をついた。

そのまま前に進み、クレッグ警部、メイベル、アガットの順で部屋から出ようとする。

そのとき、部屋のすみから何が飛んできた。

飛んできたものは、クレッグ警部の部下にあたった。

びちゃっと頬をかすめ、彼はびっくりしたように頬に手をやる。

わたしはそれが飛んできた方向に目をやった。

窓際のすみに、軽食の置いてあるテーブルがある。そのかたわらにエリザベスが立っていた。

「人殺し！」

エリザベスはケーキのかたまりを握りしめて、アガットに向かって叫んだ。

「あなたたちは、最低の人間よ！　ノエラさまを返してちょうだい！」

アガットはエリザベスを軽蔑《けいべつ》したように見つめ、ゆっくりと口を開く。

「あなたはメイド失格だわ。こういう場で、感情をあらわにしてはならないものよ、エリザベ

ス」

エリザベスはアガットの言葉を聞いていなかった。右手をふりかぶり、ケーキを投げる。

ぐしゃっ、という音がして、生クリームのついたケーキのかたまりが、アガットの顔面を直撃した。

顔からクリームが垂れ、アガットの美しい顔がまだらになる。

アガットは前を向いた。

警察官に手をいましめられているので、顔を拭《ふ》くことができない。

アガットは、顔からだらだらと生クリームを垂らしたまま、静かに扉を抜け、部屋から去っていった。

# エピローグ　～その後の密談、のようなもの～

さて――。

そう。わたしが本当に、さて、という言葉を述べるのは、ここからである。

事件は、新進気鋭の小説家、ロイ・カルヴァートの聡明な推理によって、無事解決された。

最初から結論が出ていてもおかしくなかった――父だったら一瞬でといてしまったであろう事件だったが、まる一日かかったのは、わたしにまだ経験が足りないというなのことだろう。

メイベルとアガットはともに逮捕《たいほ》された。

名門の令嬢の犯罪、それも、名門ゆえに傾いた家の末路、ということでかなりセンセーショナルに扱われて、一部のゴシップ誌では悲劇の女王扱いである。

メイベルは留置場に個室を与えられて、アガットとともに暮らしているらしい。

それを教えてくれたのは、ルースである。

「まったく大変だったわねえ、シャノン！」

ルースは、事件が片付いたあとも、この屋敷を整えるために、ロンドンとこの屋敷を往復していた。

ロイが、屋敷の内装をもとに戻せ、と頑固に言い張ったために、人手が必要だったのである。

ビロードのカーテンを付け替え、重苦しい調度品《ちょうどひん》を取り去る。薔薇《ばら》のアーチも取りはずした。

おかげでベリーカルテットは昔ながらの、白を基調としたかわいい屋敷になった。

ディヴィッドはこの家への執着をなくしたのか、一度も顔を見せない。結局、この家にこだわったのもロイが気にいっているから、という理由だったようだ。

「大変なのはルースのほうだったと思うわ。わたしは事件にかかりきりで、あまり手伝えなかったし」

わたしはしみじみと言った。

あの日、なんとか謎が解けたのは——謎、というほどのものではないが、ノエラがそのまま自殺と判断されることなく、ロイが名探偵になるだけの材料がそろえることができたのは、わたしが勝手に動くのを黙認してくれたルースのおかげである。

「そんなのは気にしなくていいわ。あのときは、シャノンにお任せするのがいちばんよかったもの。長い目で見たらそのほうが片付くから」

ルースはロンドンに戻るために、玄関にいるところだった。

冬らしいチョコレート色のドレスは意外ときちんとしていて、長身のルースによく似合う。

わたしは反対に、やっと届いた制服を身につけている。

メイドの制服は平凡だが、嫌いではない。すべてを身につけると、背筋がぴんと伸びる。

「ルースにも使用人の哲学みたいなものがあったのね」

「どんなにいつもどおりにしたって、必ずいつもと違うことが起こるからね。そういうときには流れに逆らわないって決めてるの」

「エリザベスはどうしてる？」

わたしは尋ねた。

アガットにメイド失格だと叱《しか》られたエリザベスは、そのままカルヴァート家の本邸で働くことになったのである。

「エリザベスはノエラさまのお葬式に出たそうよ。最近、やっと笑顔を見せるようになったわ。仕事にも慣れてきたみたい。美人だから、客用メイドになるんじゃないかしら」

「よかった」

わたしはほっとした。

最初に思ったとおり、カルヴァート家は使用人にとって住みやすい家のようだ。

ルースたちと暮らして、エリザベスの心の傷が癒《い》えればいいな、と思う。

「シャノンはどうするの？　ミセス・ワットは、あなたが来るのを楽しみにしているんだけど。後始末があるから、あと数日はかかりそうだってあたしからは言っておいたけど。希望があるなら、早く出しなさいよね」

割り切って働いている人もいれば、主人以上に家にプライドを持っている人もいる。主人にひたすら従ってたり、優秀すぎていつのまにか主人のほうが逆らえなくなってたり。

事件があっても当事者じゃないので余裕があるし、語り手として面白いな、と。

一人称で長編を書けるかどうか不安ではあったのですが、シャノンは一人称に向いていたようです。

今回はお屋敷の狭い世界で完結していますが、そのほかにもこの時代の、働く人たちの世界をのぞいてみたいです。

ロイのパートも書きたいです。こう、プライドばかり高くて売れない作家、ってポジションって、ちょっとうずくような感じがあります。

ロイはいまのところ、かけだしの作家ですが、シャノンの力を借りて、地道に努力してもらいたいものです。

久しぶりの長編で、最初はちょっと手こずったりしましたが、なんだかんだで慣れていて、書きやすかったです。キャラクターが作者の意図に反して生きてくるのは長編ならではです。

ちなみにベリーカルテットというお屋敷は、数年前に英国旅行に行ったときに泊まったホテルがモデルになっています。

お金持ちの別邸を改造したホテルだったんだけど、フルーツの柄のカーテンやクッションがとても新鮮だったのです。

もっともそのカーテンも、ひくのに力がいるくらい重かったりして。ウエイティングルームには本物の暖炉《だんろ》の火が燃えていて、全体的にとてもかわいくて、暖かいお屋敷でした。

重々しくて荘厳な建物もいいけど、ずっといるならこっちのほうがいいなあ、と、ウエイティングルームでシャンパンを飲みながら思ったのでした（……で、あとから、あのシャンパン、適当に注文したけど超高級品だったらどうしよ、と青くなったのもいい思い出）。


今年の前半は、ヴィクロテの短編集と、雑誌の掲載が3号続けてあって、そのほかに書くものもあって、中短編ばかり次々に書いていました。

雑誌のほうは、ベリーカルテットのほかは、大奥と、英国男子の寄宿舎の話です。気持ちのおもむくまま、何も考えないで、次次と書いていく感じはけっこう懐かしかったです。

去年ごろから少し迷う感じがあったのですが、それで少し立ち直りました。

そういえば、作家の友人と小説についてメールでやりとりをしてたら、「青木嬢はブレないね～」って感心されました。ブレない迷いかたをしているようです。

そのほかはいつもどおり、あちこちに通いながら家の周辺で細かいことをしているのが多かったです。

続きもののドラマを観ながら、縫《ぬ》い物をしてみたりとか。

長い映画なんかを家でみるときは手が余るので、何も考えないでできる手作業をしたりするのですが、その延長で、サマードレスとかシュシュとか作ってました。

わたしはもともと服とか作るタイプでないのですが、姉は作る人で、母も、何か考えることがあるとひたすら刺し子の布巾を作ったりしていたので、こういうのはなんとなく伝わるものなのかな、と思いました。

ドレスがちゃんとできたので、ちょっといい気になって、一時は本気でミシン買おうかと思ったんですが、ミシンがあると縫う作業ができないな、と思って保留にしています。

冬になる前に、仕事用に、あったかめのロングスカートでも作ろうかなと思っています。


イラストは明咲《あさき》トウル先生です。

明咲先生には、雑誌のほうで一回、ヴィクロテのイラストを描いていただいたことがあり、こういう解釈になるのか、とちょっと驚きました。華やかで、独特の生きた雰囲気《ふんいき》があって、大好きです。ありがとうございました。

ちなみに、雑誌のほうはカスカベアキラ先生が描いてくださっています。そちらのほうももちろん大好きで、とくにシャノンは、最初のイメージのもとになっています。とてもかわいいので、機会があったらぜひ。

雑誌の連続掲載を書かせてくださったのは前担当さんのKさんで、何回かリテイクを受けて完成させ、その雰囲気をもとに、新担当のHさんのもとでこの長編を書きました。
こういうのは新鮮でした。おふたりともに感謝しています。

これが出るときは冬ですね。
間が空きましたが、新作をお届けすることができて、ほっとしています。
ではでは。

二〇一三年　十月

青木　祐子

※この作品はフィクションです。実在の人物・団体・事件などにはいっさい関係ありません。

この作品のご感想をお寄せください。

**青木祐子**先生へのお手紙のあて先

〒101-8050　東京都千代田区一ツ橋2-5-10
集英社コバルト編集部　気付
**青木祐子**先生

あおき・ゆうこ

獅子座、A型。長野県出身。「ぼくのズーマー」で2002年度ノベル大賞を受賞。著書に「ヴィクトリアン・ローズ・テーラー」シリーズ、「上海恋茶館」シリーズ（いずれもコバルト文庫）など。好きな動物は猫とパンダと恐竜。和食派。趣味は散歩。

ベリーカルテットの事件簿

薔薇と毒薬とチョコレート

COBALT-SERIES

2013年12月10日　第1刷発行

★定価はカバーに表示してあります

著　者　青　木　祐　子

発行者　鈴　木　晴　彦

発行所　株式会社　集　英　社

〒101－8050

東京都千代田区一ツ橋2—5—10

電話　東京（3230）6268（編集部）

（3230）6393（販売部）

（3230）6080（読者係）

印刷所　大日本印刷株式会社

© YÛKO AOKI 2013　Printed in Japan

造本には十分注意しておりますが、乱丁・落丁（本のページ順序の間違いや抜け落ち）の場合はお取り替え致します。購入された書店名を明記して小社読者係宛にお送り下さい。送料は小社負担でお取り替え致します。但し、古書店で購入したものについてはお取り替え出来ません。なお、本書の一部あるいは全部を無断で複写複製することは、法律で認められた場合を除き、著作権の侵害となります。また、業者など、読者本人以外による本書のデジタル化は、いかなる場合でも一切認められませんのでご注意下さい。

ISBN978-4-08-601771-8 C0193

好評発売中 コバルト文庫
青木祐子
イラスト／あき
心の想いをドレスにうつして――。
ヴィクトリアン・ローズ・テーラー シリーズ
恋のドレスとつぼみの淑女
恋のドレスは開幕のベルを鳴らして
恋のドレスと薔薇のデビュタント
カントリー・ハウスは恋のドレスで
恋のドレスは明日への切符
恋のドレスと硝子のドールハウス
恋のドレスと運命の輪
あなたに眠る花の香
恋のドレスと大いなる賭け
恋のドレスと秘密の鏡
恋のドレスと黄昏に見る夢
窓の向こうは夏の色
恋のドレスと約束の手紙
恋のドレスと舞踏会の青
恋のドレスと宵の明け星
聖者は薔薇にささやいて
恋のドレスと追憶の糸
恋のドレスと聖夜の迷宮
恋のドレスと聖夜の求婚
恋のドレスと月の降る城
恋のドレスと湖の恋人
恋のドレスと陽のあたる階段
恋のドレスと翡翠の森
キスよりも遠く、触れるには近すぎて
恋のドレスと花ひらく淑女
聖者は薔薇を抱きしめて
恋のドレスと白のカーテン
宝石箱のひみつの鍵
王子とワルツと懐中時計